Voláteis

Paulo Scott

Voláteis

2ª edição revista

Copyright © 2005 by Paulo Scott

*Grafia atualizada segundo o Acordo Ortográfico da Língua Portuguesa de 1990,
que entrou em vigor no Brasil em 2009.*

Capa
Alceu Chiesorin Nunes

Imagem de capa
Bicicleta Sem Freio

Preparação
Silvia Massimini Felix

Revisão
Clara Diament
Thiago Passos

*Os personagens e as situações desta obra são reais apenas no universo da ficção;
não se referem a pessoas e fatos concretos, e não emitem opinião sobre eles.*

Dados Internacionais de Catalogação na Publicação (CIP)
(Câmara Brasileira do Livro, SP, Brasil)

Scott, Paulo
    Voláteis / Paulo Scott. — 2ª ed. rev. — Rio de Janei-
ro : Alfaguara, 2021.

    ISBN 978-85-5652-132-3

    1. Ficção brasileira I. Título.

21-79378   CDD-B869.3

Índice para catálogo sistemático:
1. Ficção : Literatura brasileira   B869.3
Eliete Marques da Silva – Bibliotecária – CRB-8/9380

[2021]
Todos os direitos desta edição reservados à
EDITORA SCHWARCZ S.A.
Praça Floriano, 19, sala 3001 — Cinelândia
20031-050 — Rio de Janeiro — RJ
Telefone: (21) 3993-7510
www.companhiadasletras.com.br
www.blogdacompanhia.com.br
facebook.com/editora.alfaguara
instagram.com/editora_alfaguara
twitter.com/alfaguara_br

Voláteis

Um

A campainha da quitinete toca outra vez e outra vez.

Mas é um ferrado das ideias mesmo, Fausto diz sem tirar os olhos do caderno de desenhos que está aberto sobre a bancada tipo de arquiteto. Termina o resto de vodca num gole, deixa o copo sobre o tampo, caminha até a porta, abre.

Machadinho entra. Ainda de pijama? E se aproxima para cheirar o rosto de Fausto. Puta que pariu, não é nem uma da tarde e você já tá fedendo a bebida.

Resolvi dar um tempo no tratamento.

Um tempo? Você falou que dessa vez ia completar essa pamonha. Machadinho circula pelo cômodo, inspeciona.

Acordou ligado no duzentos e vinte?

Acordei pensando nos trabalhos que a gente vem fazendo.

Tudo bem, mas desacelera.

Pelo menos tá tomando a benzodiazepina?

Você gosta de verdade dessa palavra, não é?

Tá tomando ou não tá?

Não tô, mas também não tô bêbado, se esse é o problema. Você sabe que esse remédio não me deixa pensar.

Mas eu.

Chega, Machadinho.

Machadinho se volta para a bancada e, como se nada tivesse ocorrido, se inclina sobre o caderno aberto, observa a ilustração. Desenho novo?

Sim, Fausto responde.

Não parece com os outros, diz. Olha para as folhas rabiscadas ao lado do caderno e depois para a ilustração dentro dele.

É uma releitura.

Releitura?

De uns desenhos de outro tempo.

Do tempo que você era artista de verdade?

Qual é, Machadinho?

Não vejo problema em ser artista, não vejo problema em ter um dom. Se eu tivesse um dom como você tem, eu juro que não ia me sentir esse ferrado que você vive dando indireta que eu sou.

Não dou indireta, não inventa.

Dá sim.

Rapaz, hoje você tá caprichando.

Desculpa. Parei.

Fausto tira o pijama, veste a calça, a camiseta e, por cima, o macacão cor de laranja com logotipo da Ultragaz no lado esquerdo do peito e nas costas. Percebe a falta do botão na altura da barriga, caminha até a bancada, pega o grampeador, posiciona contra a sarja dupla, grampeia.

Machadinho para na frente do vaso que está no chão perto da janela, nele estão plantados crisântemos vermelhos.

Onde é mesmo que você arranja essas flores?

No supermercado, Fausto responde.

São caras?

Já respondi da outra vez que você perguntou.

Machadinho se abaixa, alisa as pétalas de um dos crisântemos com as pontas dos dedos. Você é um velho cheio de mania.

Fausto pega o boné da Ultragaz, enfia no bolso do macacão.

Não quero mais dirigir, Machadinho diz.

Como é que é?

Se a gente colocasse mais um cara, um cara só pra dirigir, ia ser tudo mais rápido, mais limpo. A gente junto, saca, indo de dupla, ia pegar muito mais coisas do que você consegue pegar indo sozinho.

Escuta aqui, Álvaro, Fausto diz.

Álvaro não. Machadinho. Quantas vezes eu já falei?

Nunca vi isso, um retardado que gosta de ser chamado de Machadinho.

Eu gosto.

Nem Machado tem no seu nome.

Eu quero ser chamado de Machadinho.

Enfia nessa sua cabeça, Machadinho, eu arrombo, você dirige. Isso não vai mudar. Colocar um terceiro no esquema a essa altura é implorar pra que as coisas, que já não tão indo bem, fiquem piores, Fausto diz e calça as botas.

Quero ir com você, quero saber como você faz. Quero aprender.

A arrombar.

Entrar e sair tão rápido como você.

É arriscado.

Arriscado é você ficar se expondo por mixaria, por esses trabalhos merreca.

Não adianta crescer o olho. Crescer olho é tiro no pé. Eu sei do que eu tô falando. Nunca me dei mal porque nunca cruzei a linha.

Mas nunca se deu bem como poderia.

Fausto não responde.

Preciso de dinheiro, Fausto. Não tenho a sorte de ter uma Lucimar pra cuidar de mim como você tem.

Deixa a Lucimar de fora disso.

Já não tá mais aqui quem falou.

Ótimo.

Mas é que eu quero me arriscar. Se dançar, dancei.

Se alguém tiver que dançar, quem vai dançar sou eu, sozinho.

Respeito seu pensamento.

Obrigado.

Respeito isso de se sacrificar sozinho, de se sacrificar pelo outro.

Fausto não diz nada.

Eu me sacrificaria por você.

Machadinho, você se drogou?

Claro que não. Não sou você.

Então vamos ficar como estamos. Eu planejo, executo, você fica de motorista e ponto final, Fausto diz e vai até o gaveteiro que está do lado oposto da sala, tira a bolsa de couro com as chaves micha, a gazua que ele mesmo projetou e as outras ferramentas que usa para arrombar. E quer fazer o favor de sair da frente dessas flores?

Tô pensando em dar uma regada nelas antes da gente sair. As pétalas já tão todas secas. Elas vão morrer.

O que foi que eu disse da outra vez?

Não lembro.

Elas estão aí pra morrer, Fausto abre a porta da quitinete, dá uma olhada no corredor e se volta para Machadinho. Você trocou as placas da Fiorino?

Machadinho se levanta, não responde.

Trocou ou não trocou?

Claro que troquei, Machadinho responde ao passar por ele.

Fausto tranca a porta e segue atrás de Machadinho, desce as escadas tentando lembrar da sensação de quando, mais cedo, decidiu abrir o caderno de desenho supondo que conseguiria, depois de meses, produzir algo de que fosse gostar.

O cara alto vestindo terno e gravata está perseguindo Ângela desde que ela saiu do táxi lotação na Marechal Floriano. Na quarta esquina, tenta encaixar entre os dedos dela um cartão de visitas. Num gesto de susto e irritação, ela recusa. Mas ele não se intimida, diz que ela é uma tremenda duma gostosa. Ela sente vontade de bater na cara dele com o capacete que está segurando com a mão direita, mas não, apenas pergunta se a dona da aliança que ele tem no anular esquerdo sabe que o cãozinho carente dela anda pelo Centro àquela hora da tarde fazendo estripulia e emenda um te toca, ô, panaca. O homem solta uma risada bizarra, risada de quem não se abala por reações como a daquela menina de cabelo pintado de azul, e interrompe a perseguição. Ela anda mais três quadras e, na Travessa Apinajés, avista o estacionamento das motos. Coloca o capacete. Perdeu a conta de quantas vezes já fez isso. Sabe que é arriscado, a polícia civil e a militar têm sua descrição de cabelo longo castanho, não de cabelo curto azul. Na hora pareceu boa ideia, mas agora se dá conta: aquele azul todo na cabeça chama atenção demais. Tá ali, diz para si mesma, tira o molho de chaves do bolso da jaqueta de couro, se aproxima da moto cento e vinte cinco que vendeu pro otário do Castelo. Separa a chave, destrava o garfo, enfia a chave na ignição, gira. As luzes no tacômetro e no conta-giros se acendem.

Na calçada do outro lado, um engraxate se levanta. Aí, essa moto não é sua, é a moto nova do Zé, meu cliente. Aí, Tio Azurenha. Porra, Tio Azurenha, se liga. Tá aí de espantalho do Vitória?

O flanelinha se apercebe e grita.

Os dois policiais parados a duzentos e poucos metros do estacionamento escutam o estardalhaço e correm na direção de Ângela. O que tomou a dianteira manda que ela desça da moto, mas ela dá a partida, arranca, o policial que ficou para trás manda um aviso geral pelo rádio.

Ângela sai do Centro. Poderia se embrenhar pela Serrano, mas segue na Avenida Acre. Seus braços tremem, suas mãos tremem, e acionar o manete fica mais difícil a cada mudança de marcha.

De súbito, quase encostando nela pelo lado direito, surge uma viatura da polícia militar. A sirene é acionada.

Ângela entra na primeira rua. A rua que leva a outra e outra e outra que não tem saída. Não pode, vocifera. Faz um cavalo de pau. Agora não caga, vaca, diz para si mesma. E quando o veículo da polícia se aproxima ela desafivela o capacete, tira da cabeça e arremessa com toda a força contra o para-brisa. Sente o estiramento no ombro e, se urinando toda, arranca. Dobra a esquina à esquerda e a seguinte à direita, escapando na contramão. E, de novo na avenida, entra no primeiro posto de gasolina. Pede para usar o banheiro.

O frentista larga um sorrisão de frentista gente boa e diz que tudo bem.

No banheiro, antes de se desfazer do casaco de couro no cesto do lixo, tira de um dos bolsos os óculos escuros, põe eles na gola da camiseta, desce o zíper da calça, pega um punhado de papel higiênico, enfia no meio das pernas, lava as mãos, molha o cabelo para que fique menos azul, põe os óculos escuros. Sabe que a estratégia teria alguma chance de funcionar se os fios do seu cabelo, apesar de umedecidos, não continuassem resplandecendo aquele azul chave de cadeia, mas não consegue pensar em mais nada, só consegue continuar fazendo o que está fazendo. Sai do banheiro, um outro frentista se juntou ao que disse tudo bem dela usar o banheiro. Ela agradece. Eles sorriem. Ela não retribui o sorriso. Liga a moto, arranca, devagar, discreta. Ao voltar à avenida, sobe o giro do motor e com o fôlego recuperado acelera tudo que pode. Entra na Eurico Zani, cortando, por ruas secundárias, bairros inteiros até chegar à Avenida Humaitá. Percorre três quarteirões da Humaitá. Quando está quase chegando ao cruzamento com a Venâncio Aires, o sinal fecha. Ela freia quase em cima da faixa de segurança. Tem dois fiscais de trânsito na esquina entretidos conversando, não percebem a freada dela. O motor dois tempos trepida no ponto morto. Uma viatura da polícia para ao lado da moto. O motorista batuca na direção. O que está no banco do carona resolve encará-la, fixa o olhar no seu cabelo azul. Ela move a cabeça até obter uma visão completa da viatura, até poder se certificar de que são apenas os dois dentro do carro. O policial abaixa o vidro. Ela não espera, arranca, dobra à direita. O que está na direção vacila, o sinal abre, três ônibus, um atrás do outro, vêm pela pista paralela, onde Ângela estava, e impedem a viatura de arrancar para dobrar à direita. O que está no carona liga a sirene. Só depois que os ônibus passam a viatura arranca, Ângela circunda o quarteirão, volta à mesma Avenida Humaitá, dessa vez despreza os fiscais de trânsito e o sinal fechado. Sete quarteirões adiante, abandona a moto junto ao canteiro central. Atravessa a avenida correndo.

De dentro da Fiorino, Machadinho repara na menina de cabelo azul que abandonou a moto no canteiro central da avenida e agora está cruzando as duas pistas em direção ao prédio onde Fausto entrou para fazer o serviço.

Ângela põe o molho em que está a chave usada para furtar a moto no bolso direito da calça, tira do bolso esquerdo o molho onde está a chave que vai usar para abrir o portão. Abre, entra, fecha, tranca. Deixa a chave a meio giro, se apoia na grade e, com um chute preciso dado com a lateral da sola do coturno, quebra a chave dentro da fechadura. A porta interna do prédio está encostada, seu único trabalho é entrar. Vai direto às escadas, sobe até o primeiro andar e chama o elevador. O elevador chega, ela entra, aperta o botão do oitavo andar, o último.

No quinto andar, as portas se abrem, ela se assusta com o homem alto de macacão cor de laranja da Ultragaz. Ele está segurando um laptop, um aparelho de DVD e um amplificador. Entre seus dedos da mão direita está um CD de capa azul. Ela o encara.

Ficam os dois paralisados.

Antes que a porta se feche, Fausto atravessa a perna, fazendo-a abrir de novo.

Desculpa, moço, o elevador tá subindo, ela diz sem tirar os olhos dos equipamentos que ele carrega.

Sem dar resposta, ele entra.

Chegam ao oitavo andar. As portas se abrem. O barulho de um aspirador de pó ecoa pelo corredor. Ela sai do elevador e, deixando a mão contra o sensor fotoelétrico que bloqueia o fechamento das portas, se volta na direção dele.

A polícia tá lá embaixo, estão me procurando. Se você descer vai dar de cara com eles. Vai se ferrar e vai me ferrar também. Acho melhor vir comigo.

Ele não reage.

Seguinte, ela diz, o que tô propondo é entrar aqui no apartamento da minha amiga e esperar a poeira baixar. E então?

Num movimento de cabeça, Fausto concorda, sai do elevador.

Sem nenhuma certeza de ter feito a coisa certa, Ângela enfia a chave na fechadura do oitocentos e um, tenta girar, mas ela não gira. Aperta a campainha, o primeiro toque é alongado seguido de dois curtos.

O barulho da campainha assusta Beatriz. Apenas duas pessoas usam a combinação do primeiro toque alongado e os dois seguintes curtos, mas uma delas não está morando na cidade. A lente de contato escapa do seu dedo, cai na pia. Ela se olha no espelho, umedece a ponta do indicador na saliva, recupera a lente, põe de novo no estojo, calça as sandálias, vai até a porta para atender.

Já se passaram mais de vinte minutos desde que Fausto entrou no prédio. O rádio da Fiorino não sintoniza estações FM, o que não impede Machadinho de ficar girando o seletor de um sentido ao outro na faixa FM enquanto observa o policial que ficou na viatura terminar de falar no rádio e fazer uns sinais para o seu colega que pulou a grade do prédio e parece estar aguardando algum tipo de liberação para seguir em frente. Um caminhão guincho da polícia civil estaciona atrás da viatura. O policial sai da viatura para receber o guincho. Os dois conversam. O policial que saiu da viatura aponta na direção da moto que foi abandonada. O cara do guincho leva a mão ao queixo, balança a cabeça e vai em direção à moto. Os dois policiais voltam a conversar entre si. Machadinho pega o celular, liga para Fausto. O celular de Fausto toca dentro do porta-luvas. O policial que não tinha pulado a grade do prédio tranca a viatura e agora pula também. Os dois entram no prédio. Merda, era coisa pra dez minutos, Fausto. Merda, merda, Machadinho diz e, saindo do não lugar que lhe pertence, refazendo-se de tudo e de si, liga o motor da Fiorino e arranca, tentando não chamar atenção do motorista do guincho, que acaba de levantar a moto do canteiro central da avenida.

Ângela e Beatriz estão na cozinha enquanto Fausto permanece parado em pé no meio da sala segurando os objetos que furtou.

Somos amigas, certo?

Eu não ia deixar você entrar se a gente não fosse, Beatriz responde.

Mas demorou um tempão pra abrir a porta.

Não abusa da minha paciência, Ângela.

Custava ter me avisado que tinha trocado o segredo da chave da porta?

Não é porque tem muamba tua e do Renatão aqui em casa que eu sou obrigada a te dar satisfação cada vez que eu resolver trocar o segredo da chave.

Se você não tivesse aqui eu tava ferrada, Ângela a confronta.

Suas encrencas não são problema meu, Beatriz responde.

E se a gente precisasse vir aqui pegar as coisas de urgência e.

Acho melhor você calar a sua boca, Beatriz interrompe Ângela. E muda esse seu tom de voz porque, além de tudo, eu não tinha nem ideia do que tinha dentro da porra da mala que vocês trouxeram dessa última vez, e olha na direção da sala. Se eu soubesse que tinha uma caixa com um fuzil dentro daquela mala, eu, eu. Mas que porra, Ângela, sua desmiolada, e se detém.

Eu não tava sabendo nada de fuzil, diz e tenta segurar a mão de Beatriz.

Não importa, se recusando a segurar a mão de Ângela. Vamos raciocinar. Polícia aí embaixo. Não é hora de vacilo. Mas se coordena, é a última vez, entendeu? Você e esse bugre, porque desgraça pouca é bobagem, vão lá pro Buraco, eu me viro aqui do jeito que der. Vou me arrumar enquanto penso no que vou fazer. Marquei com o Heron de viajar hoje à noite pra serra, a gente só volta na segunda-feira de manhã. Não me custa sair antes.

Não tranca a porta com a chave quando sair, por favor, Ângela diz.

Dessa vez você abusou, e olha na direção da sala. Um cara desconhecido, a porra de um bugre desconhecido aqui no meu apartamento. Porra. Abusou de verdade.

Ângela não responde, sai da cozinha, caminha até Fausto.

Aí, tio. Lá em cima tem um lugar pra gente se esconder.

Fausto concorda com a cabeça.

Sobem a escada caracol.

Na cobertura, que funciona como o quarto gigante de Beatriz, Ângela para diante da tela que cobre boa parte da parede do fundo da peça. É uma pintura a óleo retratando um sujeito pedalando uma bicicleta quase no escuro. Ângela estica os braços para segurá-la e retirá-la da parede. Atrás da tela tem uma porta de madeira, ela abre. Bem-vindo ao Buraco, diz. Primeiro você.

Fausto entra. Ângela entra a seguir, fecha a porta. Ficam os dois no escuro. Ela acende uma lanterna. O facho se projeta contra o rosto de Fausto, obriga-o a fechar os olhos.

De onde você tirou essa lanterna?

O tio ladrão fala.

Tira essa luz da minha cara, menina.

Desculpa, e mantém a luz contra o rosto dele.

Ele tenta desviar o rosto da luz. Ela não deixa.

Você está drogada, menina?

Claro que não. Acha que eu ia vacilar de ficar trancada num mocó desses com um cara feito você se eu estivesse bolada? E vai se coordenando. Não inventa de fazer besteira. Não pensa não que eu não te saquei, e desvia o facho até o canivete que ela segura firme na outra mão para em seguida voltar a projetar a luz contra o rosto dele.

Essa faquinha não vai me impedir de quebrar você inteira se você não tirar essa luz da minha cara agora, ele diz e coloca os objetos que estava segurando em cima de uma caixa de papelão.

Ângela obedece.

Por quê?

Por que o quê?

Por que está se arriscando desse jeito com um cara que você não conhece?

Beatriz se olha pela última vez no espelho, abre o zíper do nécessaire, enfia batom e o resto da maquiagem, respira fundo, apaga a luz do banheiro. Recoloca no lugar a tela com o sujeito pedalando a bicicleta. Acomoda o nécessaire na mala de mão, fecha a mala de mão. Certifica-se de que está tudo em ordem. Desce. Ajeita a minissaia no corpo. É a mais curta que tinha no seu guarda-roupa. Senta no sofá, respira fundo e, concentrada, começa a pensar no que fará.

Presa ao dedo mínimo de Ângela, a lanterna balança com a luz voltada para o piso, iluminando os pés dos dois.

O teu olhar, ela diz quebrando o silêncio.

Meu olhar.

Você perguntou, e eu tô respondendo. Os teus olhos, eles te entregaram. Saquei neles que você sacou que eu tava numa roubada, saquei que você ficou surpreso e que ficou um pouco nervoso.

Não fiquei nervoso.

Tá. Ficou preocupado.

Não fiquei preocupado.

Tudo bem. Ficou alerta então. Daí eu pensei: ou puxo esse tio e faço ele se esconder comigo ou vamos os dois parar na seção policial dos jornais amanhã. Imagina. Os dois algemados saindo do prédio. Você com esse teu macacão laranja grampeado na barriga. Eu com esse meu cabelo azul, termina de dizer e bate três vezes na madeira da caixa onde está sentada e aponta a luz da lanterna na direção do rosto dele. Ia ser um puta dum azar, mas também engraçado, não ia?

Beatriz escuta a movimentação da polícia no corredor. Podia ter saído assim que se aprontou, mas decidiu aguardar que viessem bater à sua porta. Os policiais saem do apartamento da vizinha. A velha deseja um bom trabalho para eles. E logo em seguida o aspirador volta a funcionar. Demoram alguns segundos para tocar a campainha, mas acabam tocando.

Beatriz conta até dez, abre a porta.

Boa tarde, diz o que está com o rosto mais suado, desculpe incomodar, mas por acaso a senhorita escutou algum barulho estranho, e consulta o relógio de pulso, nos últimos quarenta minutos? O policial tenta não olhar para as pernas e também para os seios dela, mas não consegue se controlar.

Beatriz dá um passo à frente e aponta com o dedo para o apartamento da vizinha. Com esse aspirador que está ligado há mais de uma hora, só por milagre, policial, e ajeita a minissaia que insiste em subir. Aconteceu algo de grave?

Estamos atrás de uma jovem. Furto de moto, diz o menos suado.

A meliante entrou no prédio, diz o outro. Ficaremos até todos os apartamentos serem revistados. O seu é um dos últimos, e tira o boné, seca o suor da testa com o punho da camisa.

Podemos entrar pra dar uma olhada rápida?

Sim, por favor, entrem.

Os dois entram.

Desculpem, mas alguém chegou a dizer pros senhores que a tal moça pode ter escapado pelo portão da garagem do prédio? É só apertar o botão que está à esquerda no corredor de saída, e o portão abre. Ela pode ter ficado vigiando por um dos furos da ventilação. Sei lá. Digo isso porque já aconteceu ano passado. O zelador não falou sobre isso?

O zelador não está, diz o policial mais suado.

Um dos moradores do terceiro andar nos comunicou esse ocorrido, contou que o marginal escapou pelo portão da garagem do prédio, sim.

A gente não está descartando a possibilidade disso ter acontecido hoje, e começa a subir a escada caracol, mesmo assim temos que vistoriar o prédio.

Agradecemos a sua compreensão.

Que é isso, é um prazer colaborar com a polícia militar, diz e olha para o relógio. Os senhores deram sorte porque eu já estava de saída, diz. Querem uma água.

Não, obrigado, os dois respondem ao mesmo tempo.

A inspeção não leva mais do que uns poucos minutos.

O mais suado diz que o apartamento dela está ok e pede desculpas pelo incômodo.

Ela diz que sairá com eles.

Abre a porta. Eles passam. No momento em que ela encosta a porta e sai em direção ao elevador, um deles pergunta se ela não vai trancar a porta. E, sem alternativa, ela agradece, diz que se distraiu e passa a chave na porta. E os policiais vão na direção da porta do apartamento de onde escapa o som ensurdecedor do aparelho de aspirar pó.

Fausto desce a escada caracol, vai até a janela da sala que dá para a avenida, espia.

Ângela se aproxima para olhar também.

Foram embora, Fausto diz.

Putos do inferno, Ângela reclama e se vira impaciente, caminha até a porta, gira a maçaneta. Não acredito, exclama, a Beatriz deixou a gente trancado. E ela só volta na segunda-feira de manhã.

Fausto senta no sofá, descalça as botas, tira as meias, massageia os pés.

Tá achando que tá em casa, tio?

Os meus pés incharam. Fiquei muito tempo sentado na mesma posição lá em cima.

Pé inchado não te autoriza a.

Autoriza sim, garota, porque preciso mesmo massagear as pernas e os pés. Problema de circulação.

Ângela faz cara de insatisfeita, mas não diz mais nada.

Depois te ajudo a pensar o que a gente vai fazer, Fausto diz. Nada garante que não tem polícia de tocaia lá fora. Isso que você me contou de jogar o capacete no para-brisa da viatura e do vidro ter trincado. Olha, isso não é pouco. As chances deles quererem te pegar, mesmo você não passando de uma puxadora de motos, é grande.

Essas tuas botas e essas meias tão fedendo.

Ele para de massagear os pés, olha para ela. Podia contra-atacar dizendo que ela está fedendo a urina, mas não diz nada.

Tão mesmo, ela insiste.

Ele volta a massagear os pés.

Ela vai até a cozinha, enche um copo com água, volta para a sala.

Ele se levanta. Vai até o carrinho de bebida, pega um copo, abre uma garrafa de White Horse e se serve.

Esse uísque não é teu, ela diz.

Vou pagar, ele diz.

Vai pagar?

Vou.

Cara, olha pra você. Você é um fodido.

Um fodido sabe reconhecer o outro, não é?

Ela não responde.

Olha, menina, preciso desse uísque. Se estou dizendo que vou pagar é porque vou pagar. Sua amiga foi legal, ajudou a gente. Mesmo tendo me chamado de bugre duma forma nada abonadora. Não vou esquecer o favor.

Deixa pra lá. Vou subir, ela diz e sobe.

Com o copo de uísque servido quase até a borda, ele tira do bolso do macacão a caixa de CD que estava segurando quando os dois se encontraram, vai até o aparelho de som, liga, abre, são dois CDs, põe um deles para tocar, toma cuidado para o som ficar baixinho. Volta para o sofá, senta, tira o maço de dólares que encontrou no cofre do apartamento onde fez o serviço, conta, põe o dinheiro de novo no bolso, pensa que dali a pouco vai levantar e lavar os pés na pia do lavabo, começa a beber.

Machadinho está no apartamento de Fausto. Pega na estante a foto em que ele e Fausto estão um ao lado do outro com a ponte Heráclito Dornelles ao fundo, foto tirada no dia em que Fausto percebeu que ele não estava bem e, sendo gentil como nunca tinha sido, o convidou para darem uma volta, e coloca na mochila. Termina de passar o pano com álcool nos móveis para retirar suas digitais. Abre e fecha gavetas pela segunda vez, olha por baixo dos móveis, dentro das pastas e estojos que encontra, atrás de qualquer objeto que o relacione a Fausto. Quando lhe vem a sensação de que tudo está em ordem, vai até a cozinha, enche uma vasilha com água, despeja sobre a terra dos crisântemos. Fecha o apartamento. Sai do prédio o mais rápido que consegue.

Fausto termina de lavar os pés, seca com papel higiênico, volta para a sala, enche o copo de uísque pela terceira vez. A música que toca está no modo repetição de faixa. Quando se recosta no sofá percebe Ângela parada em pé, vestindo roupas que provavelmente são da sua amiga, encarando-o, a poucos metros da escada. Você me assustou, ele diz.

Ela caminha até o aparelho de som, aperta o botão de abrir a gaveta, tira o CD, desliga o aparelho. Vamos combinar o seguinte, e se aproxima da janela. Você bebe à vontade, olha para a avenida, para um lado, para o outro, abre a vidraça. E eu dou um fim nessa porcaria, e com toda força arremessa o CD janela afora. Presa num apartamento, diz e fecha a vidraça, sem um puto dum cigarro, com um velho pé de cana, tendo que aguentar o fedor de chulé que tá saindo dessas botas, e ainda por cima, caralho, sou uma fodida mesmo, e ainda por cima ter que ouvir a merda dessa música guinchando sem parar, diz e vai até o carrinho de bebidas e se serve de cachaça num copo martelinho, bebe numa talagada.

Fausto se levanta.

Ângela recua.

Não precisa se assustar, o pé de cana aqui não é do tipo que agride mulher, Fausto diz. Vai até o aparelho de som, liga, olha para ela. Você não tem ideia do que acaba de fazer.

Essa tua musiquinha de maluco repetindo e repetindo tava me deixando nervosa.

Era só me dizer, eu mudava de faixa, desligava. Você acaba de destruir um CD difícil pra caramba de encontrar.

Essas músicas são medonhas.

Nenhuma música desse cara é medonha.

É tão medonha que mesmo num volume baixo aqueles guinchos chegaram lá em cima e, repetindo e repetindo, foram furando o meu crânio, tá ligado. Furando o miolo do meu cérebro.

Guinchos? A barulheira dos carros lá embaixo, isso sim é que é medonho. Presta atenção, menina, era um CD japonês raro, um CD do Coltrane, um cara que fez um monte de música boa, umas músicas tão boas que conseguiram dar sentido pra muita coisa que pra muita gente não tinha o menor sentido, uma coisa quase espiritual, e tira do bolso do macacão a caixa de CD, abre, pega o CD que restou, coloca no aparelho, põe para tocar.

Um CD duplo, ela diz e ri. Desgraçado.

Ele volta a sentar no sofá.

Ficam em silêncio por vários minutos. O CD toca sem que nenhuma faixa se repita.

Tá, pensando bem, foi mal, ela diz.

E não foi muito esperto também. Você lançou pela janela um CD roubado, um CD do tipo muito raro. E nele foram as suas impressões digitais. Alguém pode ter visto de onde ele foi lançado. E o resto você sabe.

É que tá forte a dor no ombro.

E ainda por cima lançou o CD com toda a força.

Desnecessário.

É, menina, não vou dizer que não.

E tô sem cigarro. Ficar sem cigarro é a coisa que mais me enlouquece.

Bebe mais uma dose de cachaça.

Beber só me dá mais vontade de fumar.

Depois do terceiro martelinho você vai ver que a vontade de cigarro vai passar.

Tá querendo me ver bêbada, velho?

Tô querendo que você se acalme.

Ela pega a garrafa de cachaça e se serve de mais uma dose.

Obrigado.

Obrigado?

Você foi esperta, foi rápida, foi sagaz.

Sagaz?

E salvou a minha pele.

Isso eu salvei mesmo.

Tem a minha gratidão.

Pois eu trocava a sua gratidão pelas chaves que abrem aquela porta ali, e aponta para a entrada antes de beber em dois goles a cachaça que serviu.

Com a nuca apoiada na parte superior do encosto do sofá enquanto beberica o quarto copo de uísque Fausto ouve, pela sexta vez, "I Wish I Knew".

Ângela, depois do quinto martelinho de cachaça, está sentada na poltrona em frente ao sofá. Taí. Gostei dessa música, é calma.

É a magia do cara.

Me acalma, ela diz e sorri olhando para o copo na sua mão. Essa cachaça é boa, desce suave.

É uma cachaça cara.

Beatriz se amarra em cachaça, ela diz, e fica bebendo aos poucos e falando umas coisas engraçadas sobre ser fodida demais e nunca ter tido tempo pra aprender a gostar dumas músicas tão diferentes como aquela.

Ele se diverte com o jeito dela falar.

E, dali a alguns minutos, ela adormece para no meio da madrugada despertar chorando.

Pesadelo?

Pesadelo não, ela responde. É outra coisa, uma coisa mais complicada.

Sei.

É ruim.

Acontece com frequência?

É.

Sei como é.

Como você sabe?

As coisas complicadas são insistentes.

É, acho que são mesmo, ela diz e faz careta de dor enquanto massageia o ombro.

Tá doendo?

Bastante, ela diz.

Se você arranjar um creme, posso fazer uma massagem.

Qual é, tio?

Só estou querendo te ajudar.

Graduado em massagem pra circulação.

Massagem sempre ajuda.

Então tá certo, vamos de massagem, diz determinada e se levanta. Busca um creme, senta no sofá ao lado dele.

Ele pega o creme, mas antes de começar toca num ponto específico do ombro dela. É aqui?

Exatamente aí. Como você sabe?

Sou bom de intuição, mas não é com todo mundo. E também teve um tempo em que eu estudei anatomia e acabei ficando bem familiarizado com o mapa dos nervos, músculos, tendões.

Estudou na faculdade?

Não. Como autodidata.

E por quê?

Pra desenhar. Gosto de desenhar. Livros de anatomia são uma bela escola pra quem não quer ou não pode pagar uma boa faculdade.

Também sou autodidata.

Você parece boa de intuição, diz e põe um pouco de creme na mão, começa a massagear.

Intuição. Sério? Você tá enganado. Não sou nada boa de intuição. O cara da intuição aqui é você.

Como eu disse, minha intuição não funciona com todo mundo. Intuição é um negócio que depende do lugar, da época, da situação, da pessoa, e começa a massagem no ombro dela.

Ele massageia um ombro, o outro, a cervical.

Melhorando?, ele pergunta depois de ter massageado a cervical.

Bem melhor, ela responde.

Então vou parar por aqui. Se continuar desconfortável, eu massageio mais um pouco, e toma um gole do uísque.

Você é legal, tio.

Acho que eu fui legal em algum lugar do passado, hoje em dia não tenho mais certeza.

Ela o encara.

Ele vê que ela o está encarando, mas não a encara.

Pode me abraçar, tio?

Ele não diz nada.

Só um abraço, ela diz. A dor no ombro melhorou, mas ainda tem essa sensação ruim de quando acordo mal. Levo um tempo pra ficar bem. É muito ruim. E fica pior sem cigarro pra fumar.

Ele balança a cabeça concordando.

Ela se encosta.

E, ainda surpreso com o pedido, acanhado, ele a abraça.

Dois

Dez para as sete da manhã.

Lucimar estica o braço, caminha pela enorme sala em direção ao corredor dos quartos mirando a escuridão à sua frente, a mão desliza pelos móveis até chegar à parede e depois ao telefone sobre a cômoda para recolocá-lo no gancho. Nesse instante, escuta a porta de serviço se abrindo e a luminosidade das luzes fluorescentes da cozinha acendendo se projetando em direção à sala. Ficará esperando Eduarda aparecer.

Os olhares delas se cruzam. Há semanas não se veem, há semanas estão assim, empregada e empregadora despreparadas do convívio.

O cumprimento de Eduarda sai de pronto, formal, mecânico.

Lucimar não responde, apenas a encara por um instante e depois termina de caminhar até a porta que dá para o corredor dos quartos. Abre, submerge na sua outra noite.

Eduarda põe a chaleira para esquentar, caminha até a sala, descerra as cortinas duplas, abre as vidraças, deixa a claridade natural e o ar frio se espalharem pelo ambiente afastando o cheiro forte que o corpo de Lucimar deixou no ar. Volta à cozinha, tira o avental da bolsa, veste, ajeita a rede no cabelo grisalho, acende as luzes, repara na falta de louça na pia e a folha de cheque do Banco do Brasil presa pelo clipe a um bilhete sobre o tampo da mesa. No bilhete está escrito para ela não esquecer de pegar as ampolas na farmácia, ampolas que foram prometidas para o final da manhã, e para ela não esquecer de pegar um novo pacote de seringas também. Alisa o tecido tricoline do avental, puxa um dos banquinhos que estão sob a mesa, senta. Olha na direção do fogão, o azul da chama é sua companhia, o fogão de Lucimar. Olha ao redor daquela cozinha imensa. Espera.

Ângela afasta o edredom, abre os olhos. O brilho firme da manhã refletido nas vidraças, nas garrafas de bebida sobre o carrinho-bar, no cromado dos móveis, no tecido da camisola que ela está vestindo, é hostilidade. Sua cabeça lateja. Ela se levanta do sofá. Explode uma dor na base da sua nuca, uma dor que se expande até o ombro. Suas pálpebras se fecham, sensação de que os olhos estão cheios de areia. Imagens lhe vêm à cabeça e retrocedem até a manhã do dia anterior quando Renatão, seu ex-namorado, interrompendo as mordidas afobadas na cartela de massa Nissin Miojo crua, beijou-a no rosto e garantiu que seria uma barbadinha furtar a moto recém-vendida para o trouxa do Castelo. Por um instante, e é essa a imagem que se congela no seu pensamento, a voz esganiçada do Renatão fica se repetindo numa frase dizendo que ela não tem motivo nenhum para se preocupar, que daquela vez ela ia ficar com metade da grana que ele conseguisse ganhar com o desmanche da moto em vez do um terço que ele costuma dar a ela. E, de repente, a cronologia normal das imagens retorna, e, em disparada, tudo avança: ela toma o táxi lotação, não tira os olhos do capacete balançando no seu colo, destranca a moto, urina na calça, encontra o desconhecido, escondem-se no apartamento da Beatriz, ela toma um banho demorado, veste as roupas de Beatriz, joga o CD pela janela, bebe, dorme, acorda chorando, senta ao lado do desconhecido, ele faz massagem no seu ombro, conversam, bebem, riem, bebem mais, beija o desconhecido no rosto, diz umas bobagens, reclama da cidade, das pessoas da cidade, põe um dos CDs da Beatriz para tocar, dança, reclama que o desconhecido não se levanta do sofá, dança, bebe, senta no tapete, deita no tapete, vomita. Não, pelo amor de Deus, puta que me pariu, diz para si mesma. Puxa o edredom e se enrola. Há uma caneca com chá-da-índia morno na mesa de centro. Pega a caneca, bebe. Tenta se lembrar do que mais poderia ter acontecido. Não consegue. Levanta querendo mais ar, esbarra numa garrafa de uísque vazia que seus olhos obliterados não tinham percebido. A garrafa repica na borda do tapete, que está com uma mancha grande, provavelmente da água que o desconhecido usou para lavar o vômito, e rola no piso de cerâmica, causando um barulho alto de vidro que está por quebrar, mas não quebra.

Fausto sai do elevador. Pega a chave micha, abre a porta, entra e se depara com a menina de pé enrolada no edredom.

Você tirou a roupa que eu estava usando, ela diz.

Bom dia pra você também, ele responde e deixa as duas sacolas de plástico que trouxe sobre o tampo da mesa.

Cara. Eu nem sei.

Você estava toda vomitada, troquei a sua roupa, arrumei a cama aí no sofá, porque você não queria subir, limpei o tapete, botei as roupas vomitadas de molho no sabão em pó. Foi isso.

Essas suas mãozinhas devem ter feito a festa, né.

Não fala besteira.

Pô, cara, eu tava sem calcinha.

Não tem amnésia alcoólica que te impediria de lembrar se eu tivesse tocado em você.

Se você diz isso é porque não entende nada de amnésia alcoólica.

Eu não toquei em você, ele diz irritado.

Ela não reage.

Pode acreditar, menina.

Tá, ela diz e volta a se sentar no sofá.

Ele começa a tirar as coisas que comprou de uma das sacolas e a colocar na mesa da sala.

Cara, eu não devia ter bebido.

Você precisava beber.

E essas calças?

É a calça que eu tava usando por baixo do macacão.

E esse cheiro de café?

Comprei. Moído na hora. Achei numa padaria aqui perto.

Não achou café na cozinha, né?

Não.

A Beatriz não toma café.

Trouxe leite, pão francês, uma geleia e duas bandejas de frios, presunto e queijo lanche.

E trouxe cerveja, diz olhando para a sacola que não foi mexida.

Sim. Duas latas pra não chamar muita atenção.

Como você abriu a porta?

Com essa belezinha aqui, e mostra a chave micha, pra tranca do meio e com outras duas pra tranca de cima. As mesmas que usei pra entrar no quinhentos e três.

Claro, como eu sou burra.

Você tava nervosa, não se deu conta de que ficou trancada num apartamento, sem as chaves da porta de entrada, com um velho pé de cana perito em arrombamento, e vai até a cozinha, põe o leite para aquecer e a chaleira com água para ferver. Pega dois pratos, leva até a mesa da sala. Tira os pães do saco de papel, põe num dos pratos. Vou preparar um sanduíche pra você.

Não tem polícia lá fora?

Não.

Tem certeza?

Você não é tão inimiga pública número um da polícia militar como a gente pensava.

Como você fez pra entrar no prédio? Os moradores devem tá assustados.

Dei meu jeito. Em prédios sem portaria como esse é tudo mais fácil.

Mas se aparecesse alguém? O zelador? O dono do apartamento que você arrombou?

Não tem como saber. Se alguém tivesse aparecido, talvez eu acabasse desistindo de subir, diz e põe o sanduíche num prato. Tá aqui, come. Vai te fazer bem.

Vou esperar o café.

Ele vai até a cozinha, volta pra sala com o leite e o café.

Adoro esse cheiro de café. O problema desse cheiro de café, principalmente quando eu tô de ressaca, é que me dá uma vontade louca de fumar.

E você fica louca se não fumar.

Ela o encara, já percebeu.

Ele bota a mão no bolso da calça, pega a caixa de Marlboro Light e joga na direção do assento do sofá onde ela está.

Que delicado, e abre a caixa.

De nada, e joga um isqueiro Mini Bic no mesmo lugar onde jogou o cigarro.

Obrigada, obrigada, obrigada, acende um cigarro e se levanta, pega um dos copos do carrinho-bar para usar de cinzeiro.

Tá bem frio lá fora, ele diz.

Odeio inverno, ela diz e se senta à mesa. Que perfume é esse que você borrifou em mim?

Um dos perfumes da sua amiga. Não lembro o nome, diz e vai até a cozinha pegar uma xícara, um pires, uma faca, uma colher de chá. Volta para a sala. Limpei você com toalha úmida, mas o cheiro de vômito continuou forte na sua pele. Então peguei um dos perfumes bacanas da sua amiga e passei um pouco em você.

Ângela pega a xícara que ele trouxe e se serve só de café.

Tá melhor?

Acho que sim. Você não bateu em mim, não me estuprou, não me esquartejou. Me trouxe cigarro, preparou café. Fazia tempo que eu não era bem tratada assim. Como se diz?

Com decência, ele diz e tira um latão de Skol da sacola que ficou sobre o tampo da mesa.

Você é bom com as palavras.

Que nada. Sou só velho.

Ele abre a cerveja.

Ela dá três goles no café.

Não quer leite?

Se botar leite nesse café não vou conseguir tomar, ela diz.

Ele balança a cabeça, dá o primeiro gole na cerveja.

Me diz uma coisa?

Ele olha para ela.

Por que você não foi embora?

Um dos oito moradores do apartamento de cinquenta metros quadrados onde Machadinho está ficando de favor há dois meses está pronto para sair de casa para o restaurante onde trabalha como garçom. Pega a carteira e a gravata-borboleta pré-armada que faz parte do uniforme, toma cuidado para não pisar em Machadinho, que está atravessado na pequena sala sobre um colchonete, com a cabeça apoiada em duas almofadas, mas acaba batendo com a ponta do sapato numa das pernas dele. Machadinho acorda. O cara pede desculpa. Machadinho diz que tudo bem, pega o celular e, com a sensação de que Fausto talvez não tenha escapado da polícia, confere o visor para saber se tem alguma mensagem, alguma chamada.

Fausto já terminou sua cerveja. Ângela não conseguiu tocar no sanduíche, emendou três cigarros, um atrás do outro.

E aí, vai me mostrar o que você disse que ia me mostrar, ela diz.

Vamos lá em cima na cobertura então.

Não me conta que o que você quer me mostrar tem a ver com o fuzil que tá naquela caixa.

Fuzil? Não. Não preciso de fuzil do Paraguai, tenho a minha própria arma se precisar, diz e sobe.

Já vou, e pega um dos pães do outro prato, tira o miolo, enfia no açucareiro, depois coloca na boca, mastiga, engole e se levanta, vai até a cozinha, abre a geladeira, pega uma garrafa de água mineral, bebe direto no bico. Deixa a tampa em cima da mesa, ajeita o edredom, sobe com a garrafa na mão.

Ele está encostado no parapeito que dá para a frente do prédio, está olhando para a avenida.

Ela se aproxima. E aí?

Vem cá.

Certeza que não tem polícia?

Sim.

Ela se aproxima.

Olha aquilo, e aponta na direção de uma loja a uns trezentos metros de onde estão.

Ângela olha exatamente na direção que ele apontou. O que é?

Uma joalheria.

E daí?

Tenho um plano.

Você não tá pensando em.

Tenho um bom plano, ele a interrompe. Muito melhor do que ficar arrombando apartamento.

Não sei, cara.

Mas pra dar certo preciso de alguém como você.

Você é louco, tio. Dá pra ver daqui que é tipo impossível entrar naquela joalheria pra roubar.

Não é aquela joalheria, é outra.

Que outra?

Uma que venho estudando faz uns meses.

Parabéns, então. Quando a gente se encontrar de novo, se a gente se encontrar de novo, você me conta como foi o trabalho, certo? Meu negócio é outro, diz e se vira para a parte coberta do terraço.

Não quer escutar?

Não, não quero, e sai a passos curtos tentando não pisar no edredom. Vai até o telefone sem fio que está ao lado da cama da Beatriz, faz uma ligação.

Fausto entra e desce as escadas.

Alô.

Alô.

Vera?

Ângela?

Me passa o Renatão aí, preciso falar com ele.

O Renatão tá preso, Ângela.

Como assim?

A polícia teve aqui na oficina hoje às oito da manhã com aquele seu capacete.

Puta que pariu, e no mesmo instante ela se lembra do detalhe que tinha desaparecido por completo da sua cabeça. No forro do capacete que ela atirou na viatura tinha o nome dela e o dele, nome e sobrenome, desenhados dentro dum coração.

Disseram que você jogou o capacete contra o para-brisa duma viatura da polícia.

Ângela não responde.

Você sabe, os cana tão sempre no pé do Renatão.

Tá, mas esse lance do capacete não é suficiente pros caras levarem ele.

Eles deram uma geral na oficina, encontraram uma duzentos e cinquenta que o Cola trouxe pra desmanche ontem no início da tarde. O Renatão achou que podia deixar pra desmontar no domingo porque a tua moto era a prioridade. Merda, né? Aí deram uns tapas nele. Ele até que tentou segurar no osso por uns minutos, mas acabou entregando o seu endereço. Você sabe como o Renatão é bunda-mole.

Tô fodida. Tô fodida. Tô fodida.

Olha, Ângela, se eu fosse você, eu sumia da cidade. O tempo fechou pro seu lado, nega. Com ordem de juiz, sem ordem de juiz, os cana vão dar um jeito de entrar no seu apartamento, de te cercar.

Tô sem grana pra dar no pé, Vera, mesmo.

Tenta com o César.

O César?

É.

O César, não. O César tá louco. E já faz tempo.

Quem não tem cão caça com gato, nega. Aí. Vou desligar. Vai que essa merda de telefone tá grampeado agora. Vai acabar sobrando pro meu lado, tchau, e desliga.

Ângela coloca o telefone no lugar e desce. Serve um pouco de café na xícara, bebe. Leva uns segundos para se dar conta de que o arrombador de apartamento foi embora.

Quase todos do apartamento já saíram para trabalhar, mas Machadinho continua deitado na sala. O telefone toca. Pega o aparelho. É Fausto. Atende.

Fausto? Onde você se meteu? Fiquei te esperando.

Eu vi.

Viu?

Quando você arrancou.

O que você queria que eu fizesse?

Calma. Não estou cobrando nada.

Tá ligando daonde?

Dum orelhão.

O que houve?

Não consegui sair.

Só isso?

Só.

Fausto, você não tá armando pra cima de mim, tá?

É, Machado. O delegado tá aqui na minha frente e já contei pra ele que você é o dono do golpe todo. Deixa de ser imbecil.

Tá bem.

Você guardou a camionete?

Claro! No lugar de sempre.

E o meu celular?

Deixei no porta-luvas.

E as chaves?

Penduradas na mola da suspensão traseira esquerda.

E as chaves do meu apartamento?

Tão comigo.

Segura elas contigo.

Tem certeza?

Pego as cópias na casa da Lucimar.

Você que sabe, Fausto.

Falamos na segunda.

Segunda-feira, e desliga. Machadinho levanta, enrola o colchonete, prende com um cinto velho de couro, deixa atrás da única poltrona que tem na sala, vai até a cozinha. Tem um dos caras preparando mingau de aveia diante do fogão.

Fala, Machadinho.

Fala, Tonho.

Quer um pouco de mingau?

Tô de boa.

Machadinho abre o refrigerador, pega uma das garrafas de vidro com água da torneira, as únicas coisas que, naquelas gavetas e prateleiras, não pertencem aos outros e que por isso ele está autorizado a usar, ele que pediu para ficar só por uma semana, mas, por ter gostado da sala e da movimentação quase contínua dos caras pela sala, o que o distraía e, de um jeito que ele não conseguia explicar, também o fazia se sentir menos solitário, acabou esticando a tal semana por prazo indeterminado.

Talvez bastasse Lucimar ter tomado meio comprimido a mais. Agora é tarde, já percebeu que não vai dormir. O desembargador aposentado do apartamento de cima voltou a gritar enfurecido acusando o filho menor de ser um mentiroso, um pilantra, drogado, vagabundo. Tenta não prestar atenção, mas é impossível. O incômodo, entretanto, é essa descarga elétrica que começa no alto da cabeça e desce pelos braços até as mãos, também a ardência nas falanges e a sensação de que as pontas dos seus dedos estão mergulhadas em líquido gelado. Imagina que já sejam três da tarde. Troca de lado outra vez, não encontra posição confortável. Sem tirar a cabeça do travesseiro se descobre, acende o abajur da mesa de cabeceira. Escuta quando Eduarda passa arrastando os pés no corredor. Há bolhas recentes no dedo mínimo e no indicador da mão esquerda. Encontra uma posição confortável, sabe que não durará.

O táxi para em frente ao prédio antigo e luxuoso da Avenida Independência, Fausto paga a corrida, desce, para diante da grade do edifício. O porteiro, que está de pé no saguão de entrada olhando absorto através da vidraça da porta de ferro, acena para ele entrar. Fausto sinaliza que falará pelo interfone, aperta o botão do mil duzentos e um.

Oi.

Quem é?

Fausto.

Não escutei direito, pode repetir?

Lucimar, é o Fausto.

Fausto? Não conheço ninguém com esse nome.

Isso que você está fazendo é realmente muito engraçado, Lucimar.

Engraçado é você sumir de novo. Faz quase um mês que não dá sinal.

Comecei o tratamento. Você sabe como tentar parar de beber é difícil pra mim.

Difícil pra mim, ela diz em tom de arremedo. Sobe.

Não vou subir.

Veio só dar um oi pelo interfone?

Preciso das chaves reservas do meu apartamento.

Chaves? Você veio me procurar por causa das chaves?

Estão na primeira gaveta da mesa de cabeceira do meu quarto. Pega e desce. Vamos caminhar um pouco.

Não estou com vontade de caminhar.

Preciso conversar.

Precisa?

A noite tá linda. Pega um casaco, desce.

Faz semanas que eu não desço.

Vai te fazer bem.

O poder de Fausto sobre Lucimar.

Não tem isso de poder.

Como você gosta de se enganar, meu amigo.

Desce, por favor.

Me dá cinco minutos.

Depois de quinze minutos de espera, Fausto vê quando Lucimar sai do elevador, visivelmente debilitada. O porteiro a acompanha até a porta. Ela agradece com um movimento de cabeça, desce os seis degraus da escadaria. Fausto a aguarda no último lance. Ela beija o rosto dele. Ele oferece o braço para que ela encaixe o seu.

Braço de quem abandona achando que encontrará a liberdade, ela diz e encaixa seu braço no braço dele.

Sobem a Independência.

Trouxe as chaves?

Ele põe a mão no bolso do casaco, entrega as chaves. Ele pega.

Machadinho ficou com as minhas. E ele tá morando com uns amigos lá pros lados do Jardim Isolina.

Longe, ela diz.

Sim, longe.

Vamos começar por onde?

Vamos só caminhar, ele diz.

Tem desenhado?

Tenho tentado com todas as forças.

Os lápis que eu lhe dei têm ajudado?

Os lápis são excelentes, mas não fazem milagre.

Você vai conseguir.

Por favor, ele diz desanimado.

Quando você terminar o tratamento, vai voltar a desenhar como sempre desenhou, diz e suspira.

Não precisa fingir que não tá sentindo o cheiro de bebida. Tô vendo o seu incômodo.

Se eu tiver de fingir para a gente não brigar de novo, vou fingir.

Fausto interrompe a caminhada. Isso só deixa as coisas piores do que elas já são, ele diz.

Vamos mudar de assunto, ela diz.

Voltam a caminhar.

E o seu álbum? Já definiu as fotos da última seção?

Não. Ainda estou enrolada. Desanimada, na verdade.

Desanimada?

Essa nova editora. Vou lhe dizer, viu. Ela falou que gostaria que eu tentasse uma nova seleção.

Tá, mas isso não é o fim do mundo.

A partir de todos os meus negativos? É sim o fim do mundo. Garota sem noção. Não tem ideia do que é desencaixotar todas as pastas pra repassar foto por foto.

E você?

Liguei pro chefe dela, que é outro sem noção, e disse pela enésima vez que mandei as minhas melhores fotos.

E ele?

Pediu pra eu confiar na fedelha.

E você?

Dei o braço a torcer. Falei que assim que me decidir pelas fotos que entrarão na última seção eu entro em contato.

Por que você não faz fotos novas pra esse último capítulo?

Que fotos eu faria?

Das suas janelas da sala.

Fotos noturnas?

Sim.

Os meus olhos já não funcionam como antes.

Seria uma bela forma de fechar o álbum.

Não vou profanar as minhas janelas.

Você vai dar um jeito.

Eu queria usar aquelas primeiras fotos que fiz de você.

Não quero o meu rosto em álbum nenhum.

O seu rosto é o rosto mais lindo e intrigante de todos os rostos masculinos lindos e intrigantes que eu já fotografei.

Não vai dar, Luci. Já falamos sobre isso.

Se não vai dar, não vamos insistir.

Obrigado.

Mas então. O que você precisa me dizer.

Estou pensando num trabalho.

Prefiro não saber.

Venho planejando faz um tempo.

Fausto, Fausto, Fausto, estou cansada de dizer que tudo bem, que você vá em frente. Já não somos mais jovens. Aquela Lucimar sempre desterrada que se encantava com as aventuras do seu amor desesperado e marginal já não existe mais, perdeu a graça. Por favor, pensa bem, você não é mais um garoto.

Ele fica em silêncio. Caminham em silêncio até a esquina com a Ramiro Barcelos.

Acho que já caminhamos o suficiente, ela diz.

Você que sabe.

Não lembro de ter lhe visto tão aflito nos últimos anos, ela diz.

Preciso parar com a vida ridícula e covarde que estou levando.

A gente faz escolhas e depois não consegue se libertar. Eu sempre apoiei as suas escolhas malucas e irresponsáveis. Nasci para isso. Mas, hoje, tenho essa sensação de que também estou presa a elas. Se a sua vida é ridícula e covarde, a minha também é.

Envelheci.

Envelhecemos.

Sinto que eu tô morrendo. Preciso parar de morrer.

Parar de morrer é impossível. Você precisa é parar de se matar, diz e se agarra ainda mais forte ao braço dele. Vamos parar de falar besteiras. Vamos aproveitar o resto desse nosso passeio.

Caminham mais alguns metros e Lucimar solta seu braço.

Vamos lá. Vamos rir um pouco, ela diz. Tanta, exclama.

Isso não combina mais com você, ele diz.

É porque estou velha?

Ele não responde.

Vamos. Estou tanta.

Eu me nego.

O pobre coitado se nega.

Pensei que você já tinha esquecido disso.

Como vou esquecer a brincadeira que inventamos na noite em que me apaixonei por você. Vamos. Versão curta. Não me decepciona. Estou tanta.

Eu tonto.

Todo tanta?

Todo tonto?

Toda tonta.

Todo entanto.

Tonto esperanto.

Tonta.

E tanta.

Toda Fanta.

Que tomo a tua Fanta e canto, ela diz e sorri.

Fanta? E adianta?

Que calor.

Toma tonta?

Toda a Fanta.

Ele trava.

Vamos, ela diz. Toda a Fanta.

E todo o meu amor, ele diz. Desculpa, isso é ridículo.

Desistiu muito fácil, Lucimar diz e sorri sem demonstrar o quanto se sente fraca.

Ao chegarem em frente ao prédio dela, ela o beija no rosto. Ele diz que aparecerá na segunda-feira para cozinhar um peixe com manteiga para ela. Ela diz que mandará Eduarda ao supermercado comprar os ingredientes. Ele diz que foi bom vê-la. Ela diz para ele nunca mais ficar tanto tempo sem aparecer. Ele se afasta, acena se despedindo e sai caminhando em direção ao Centro.

Três

O vigia que está na guarita construída na esquina da Mozart com a Castro Alves leva o apito à boca, firma entre os lábios e, acompanhando a movimentação de Machadinho, emite um silvo curto. Machadinho não lhe dá atenção, consulta as horas no relógio de pulso e se encosta no muro do sobrado vizinho ao sobrado de onde sai a jovem mulher branca trazendo um vasilhame de plástico verde do tipo Tupperware na mão. Um casal de crianças surge atrás dela. O menino insiste em mostrar para a menina o que está acontecendo na tela do Game Boy que ele está jogando. A menina afasta as mãos dele com o antebraço e corre à frente da mulher, para diante de um galho fino de limoeiro caído sobre as lajes de basalto e se agacha para pegar. Arranca uma das folhas murchas ainda presas ao galho e em seguida arranca outra. Os três caminham em direção a Machadinho. O vigia entra na guarita, pega um porrete e, de maneira ostensiva, começa a caminhar em direção a Machadinho também. Machadinho não se move, seu olhar está voltado para o meio-fio, mas sua visão periférica esquerda, o lado de onde o vigia se aproxima, está recebendo toda a atenção necessária do seu cérebro. O vigia apressa o passo, aproxima-se quase ao mesmo tempo que a mulher e as crianças se aproximam.

Você é o Álvaro, diz a mulher e sorri.

Machadinho se desencosta do muro. Você é a Maria Helena, diz.

Finalmente nos conhecemos. Estes são a Valéria e o Adriano. Digam olá, crianças. O moço aqui é neto da tia Olga.

O vigia passa encarando Machadinho, a mulher e as crianças

o cumprimentam, ele retribui o cumprimento, avança alguns passos, na diagonal da rua. Depois, sem deixar de encarar Machadinho, voltará à guarita.

Trouxe uns docinhos que a sua avó e a Valéria fizeram essa manhã, né, Valéria?

A menina sacode a cabeça, entretida arrancando as folhas murchas do galho. A mulher destampa o vasilhame, entrega na mão de Machadinho. Dentro do vasilhame há sete brigadeiros de tamanhos variados.

Vou levar o Adriano até a casa do amiguinho dele que mora ali na esquina e depois gostaria de convidar você pra esperar a sua avó lá dentro de casa. Acho que ela vai se atrasar um pouco.

A mulher tem um jeito envolvente.

A sua avó é como se fosse da família. Os meus filhos são mais apegados a ela do que aos próprios avós.

Agradeço a sua preocupação. Estou bem aqui, diz e pega o menor dos brigadeiros, põe na boca, mastiga.

Bem, vou até ali na esquina e já volto. Pensa no meu convite. Não tem por que ficar esperando aqui fora. Aluízio, o meu marido, ia gostar de te conhecer.

Sem tirar os olhos do Game Boy, o menino se adianta. A menina fica parada onde está.

Posso esperar aqui, mãe? Fico fazendo companhia pro neto da Olguinha, diz a menina.

A mulher olha para Machadinho, faz cara de agora é com você. Ele lhe dá um sorriso e, vendo que a menina não levantou a cabeça, está concentrada no desfolhamento do galho da árvore, faz sinal com a mão para que a mãe vá tranquila.

Muito bem, Valéria, você fica com o Álvaro, mas não aborrece ele com as suas perguntas sem fim, ela diz e se apressa para alcançar o filho que já está vários metros à sua frente.

A mulher e o filho tomam distância.

Quantos anos você tem, Valéria?

Tenho oito. Faço nove daqui a um mês, e levanta a cabeça, projetando seu olhar contra ele. Você tem que comer todos os docinhos, ela diz.

Tenho?

Não pode fazer desfeita.

Machadinho olha na direção do vigia, que está encostado na guarita segurando o porrete e, pelo visto, cem por cento concentrado na interação entre ele e a menina.

A Olguinha fala o tempo todo em você, diz a menina.

Que bom, ele diz.

Não sei se é bom, ela diz.

Por quê?

Às vezes, eu escuto ela dizendo pra minha mãe que você tá muito perdido, diz e volta a olhar para o galho. Depois de uns segundos de manejo aparentemente aleatório, quebra a extremidade mais fina do galho. Vou fazer uma varinha de feiticeira pra você, diz.

Varinha de feiticeira?

É a melhor forma duma feiticeira se proteger.

Não sou feiticeira, ele diz.

Sou boa em saber quem é feiticeira. E você é feiticeira, ela diz e começa a lixar a extremidade recém-quebrada contra a pedra da calçada.

Ficam em silêncio por uns instantes.

Foi ideia minha preparar os docinhos, ela diz.

Agradeço.

A Olguinha estava muito triste. A Olguinha chora muito por sua causa, ela diz.

Ela chora, é?

Como neto, você tem muito que melhorar.

Machadinho destapa o vasilhame. Ó, vou comer outro docinho, diz e pega o maior dos brigadeiros, mostra para ela e em seguida enfia inteiro na boca, começa a mastigar.

A menina fica imóvel olhando para ele em silêncio até ele parar de mastigar. Então aponta a vara na direção do estômago dele, fazendo um movimento circular que termina numa estocada contra o ar.

Me jogando um feitiço?

Não. Só mostrando pra varinha que você é o dono dela.

Valéria, diz a mulher que se aproxima na calçada do outro lado da rua. O que você tá aprontando, minha filha?

Nada, a menina diz.

Vamos entrar, Álvaro?

É, entra com a gente, Álvaro, reforça a menina.

Tô bem aqui, obrigado.

A menina entrega a varinha na mão de Machadinho.

Embaraçado, Machadinho agradece.

Tem certeza de que não quer entrar?

Mãe, não insiste, ele já disse que vai esperar aqui, diz a menina.

Ó, comi dois, ele diz e estende o vasilhame para a mulher.

Pode levar, a mulher diz.

Mas.

Fica com eles, a mulher o interrompe. Você traz o recipiente um outro dia ou entrega pra sua avó.

Em silêncio, a menina sai caminhando.

Não vai se despedir, Valéria?

Sem se virar, a menina levanta o braço e balança a mão num aceno.

Fausto passa em frente aos botecos e vendinhas de sempre, sabe que no interior de cada um está a mesma arapuca de sempre, a lembrança das vezes em que entrou para ir direto pegar a bebida mais forte que encontrasse nas prateleiras. Dobra na esquina da Herculano Rocha, caminha até a metade da quadra. Na frente do prédio cuja fachada dá direto na calçada, para, aperta o botão do apartamento seis. Uma voz feminina atende.

O que é?

É o Fausto. Preciso trocar um dinheiro.

Meu esposo não está.

Diz pro Mário que eu preciso mesmo trocar uns dólares.

Domingo não trabalha.

Pago a taxa que tiver de pagar.

Aguarda um minuto.

No estômago de Fausto, o mal-estar que antecede a tremedeira da abstinência. Os minutos passam até que surge na porta do prédio um homem risonho, usando abrigo lilás e havaianas da mesma cor.

Desesperado, amigo Fausto?

Desculpa te incomodar num domingo, Mário.

Não esquenta. Quanto você tem aí?

Fausto tira duas notas de cinquenta dólares do bolso, mostra para ele.

Vou quebrar essa pra você, amigo Fausto. Você fica me devendo um favor, diz o homem.

Fausto entrega as notas na mão dele.

O homem entra no prédio. Segurando a porta para não fechar, Fausto observa enquanto o homem desaparece no longo corredor. Depois de cinco minutos, volta.

Ó, tá aqui o seu dinheiro.

Apertam as mãos. O homem some pela segunda vez no corredor enquanto a porta da entrada fecha devagar. Fausto não confere o dinheiro, enfia o pacote no bolso da calça, volta pela Herculano, caminhará até a frente de um supermercado onde sempre tem uns queijos que ele gosta em promoção.

No supermercado, pega o cesto e se dirige ao setor dos hortigranjeiros, escolhe uma bandeja de cogumelos e duas cebolas roxas, mais adiante uma caixa de ovos, uma lata de azeite, um saquinho de pimenta calabresa, um pacote de pães franceses. Depois vai na direção do corredor das bebidas. Os vinhos estão logo no início. Vai até as garrafas dos tintos brancos nacionais.

Para, fica observando. Precisa se acalmar. Precisa evitar os destilados.

Perde tempo com vinhos? Faço isso também, diz o velho que parou ao seu lado. O hálito morno leitoso, típico de quem sofre de alguma doença no estômago ou nos rins, se espalha pelo ar.

Fausto olha para ele com indulgência.

O velho tem a cabeça volumosa, no seu rosto está uma expressão de cansaço de um cão buldogue, com respiração prejudicada, extenuado pelo excesso de esforço físico. Ele está segurando duas caixas longa-vida de leite Corlac, e não diz nada enquanto se deixa observar pelo interlocutor que lhe retribui um sorriso curto antes de voltar a atenção para as garrafas de vinho.

Na verdade, eu não posso beber, segue falando. O jeito foi me acostumar. Venho aqui, fico olhando as garrafas. Fazer o quê?

Fausto voltou a olhar para os vinhos, não lhe dá a menor atenção.

Me desculpe. Sei que sou impertinente.

Fausto não responde.

Tenha um bom dia, cidadão, o velho diz e, já se afastando, grunhe algo como boa sorte para todos nós.

Fausto continua ali, repassa os rótulos, mas já não tem o mesmo entusiasmo: o hálito do velho ficou no ar e desapareceu a sensação agradável que o acompanhava desde que acordou. Larga o cesto ali mesmo no corredor. Sai do supermercado. Do primeiro orelhão que encontra, depois de fazer um breve esforço para relembrar os números escritos a caneta no papel na base do aparelho telefônico na sala da cobertura, liga para o apartamento de Beatriz.

O telefone toca, Ângela está deitada sobre o tapete da sala, assiste a um programa de auditório na televisão preto e branco dez polegadas que encontrou embaixo da cama de Beatriz, pensa em não atender, mas a pessoa do outro lado insiste. *Se tocar mais duas vezes, atendo*, pensa. Toca mais três. Engatinha até a mesa de canto, pega o aparelho.

Alô.

Ângela? Sou o cara de ontem, o que ficou trancado aí contigo.

Não lembro de ter dito meu nome pra você.

Escutei a sua amiga dizer.

Pode falar.

O meu nome é Fausto.

Prazer, Fausto. Tchau, Fausto, e desliga.

Passam-se uns poucos segundos, ela pega o telefone de volta, aciona a tecla de discagem para o número da última chamada recebida. Toca três vezes.

Alô.

Fausto, é o seguinte: você deixou o laptop, o amplificador e o aparelho de DVD aqui. Quando a Beatriz chegar não vai gostar nada de encontrar essas coisas roubadas do apartamento de um vizinho aqui.

Liguei por isso também, mas principalmente pra perguntar se pensou no que eu falei sobre a joalheria.

Não pensei e nem quero.

Sem problemas, mas se mudar de ideia, anota aí o número do meu celular.

Acho bem difícil eu mudar de ideia.

Ele passa o número do celular para ela. Ela diz que não vai anotar, que está cheia de coisas pra resolver, que na verdade está ferrada e não tem tempo pra perder com ele e volta a perguntar sobre os aparelhos furtados. Ele diz que não vê problemas de ficarem mais um tempo no tal buraco, porque se dá pra esconder fuzil, dá pra esconder os eletrônicos também. Ela diz que Beatriz vai dar um jeito de sumir com eles. Fausto responde que está mais do que justo, diz que, durante a semana, vai deixar um dinheiro na caixa de correio dela, pelo uísque e pelo pernoite. Ângela diz que precisa desligar e, sem esperar a resposta dele, desliga.

* * *

Fausto volta ao supermercado, vai direto ao corredor de bebidas. Já não quer saber de vinho, de secos incríveis com aromas adocicados ou que sugiram perfumes de rosas e jasmins, de claridades douradas como as águas mais límpidas da Austrália, capazes de acomodar aromas complexos de maçãs vermelhas e passas, de texturas raras e sabores fugidios de amêndoas, manteiga e mel com um final mineral sutilíssimo e muito elegante, quer a estante dos uísques e das vodcas. Pega uma garrafa pequena de uísque, uma média de vodca, paga, não espera o troco que deveria ser menos que dez reais, sai do supermercado, abre a garrafa de uísque e dá quatro goles na bebida sem ter a menor ideia do que fará a seguir.

A tartaruga se ajeita na pedra que sobressai do lago a poucos metros da margem. Do banco de concreto e madeira, Olga observa o esforço do quelônio, o cuidado empregado em cada movimento. No mesmo banco, só que voltado para a direção oposta à do lago, Machadinho desmancha com a sola do tênis a lateral de um formigueiro. As formigas disparam para todos os lados. Ele destampa o vasilhame em que ainda estão quatro brigadeiros, tira um, se abaixa, enfia o doce no desmoronado de terra escura. Três formigas sobem na ponta do seu dedo indicador. Ele as amassa contra o granito do assento e não perde tempo, retira outro brigadeiro, repete a operação, deixando as bolas marrom-creme ali encravadas. Olga desiste da tartaruga, abre a bolsa, pega uma edição barata do Novo Testamento, volta-se para Machadinho, toca no ombro dele, faz com que se volte para ela.

Olha, Álvaro, não pensa que eu não vejo essa parede que cresceu entre nós. O pior é que não tenho ideia do que eu possa fazer pra te ajudar.

Não preciso de ajuda, Olga.

Precisa sim, meu filho, todos nós precisamos, e lhe estende o Novo Testamento.

Ele pega.

Procuro não ficar magoada. Mas tá difícil. Você está cada vez mais calado, mais distante.

Machadinho deixa o Novo Testamento de lado e levanta, escolhe o maior dos dois brigadeiros que sobraram, arremessa com violência na direção da tartaruga, assustando-a, fazendo com que deslize da pedra e suma por completo na sinuosidade do lago. No mesmo instante, Olga se põe de pé também, arranca das mãos dele o vasilhame, põe na bolsa.

Seu mal-gradecido.

Machadinho abaixa a cabeça.

Ela leva a mão ao queixo dele e o obriga a encará-la.

Não suporto essa gente pra quem a senhora trabalha, ele diz.

Você tem coragem de dizer isso? Você sabe muito bem que é com o salário pago por aquela gente, por aqueles branquelos azedos, não é assim que você e os seus amigos dizem?, que eu consegui colocar comida na mesa pra alimentar você e os seus irmãos. E não me olhe desse jeito, ela se desespera.

Ele se afasta.

Maldito dia que você decidiu fugir de casa.

Olga. Eu.

Tentei não errar com você, como errei com a sua mãe, e senta.

Você não errou com a mãe e não errou com a gente. Vamos tentar nos acalmar. Você tá muito nervosa. Vou ali pegar umas pipocas salgadas, daquelas com queijo que você gosta.

Não, Álvaro, espera, e pega o Novo Testamento do assento do banco. Você tem tudo. É inteligente. Saiu branco. Completa os estudos. Arranja uma dessas brancas de família com dinheiro, casa com ela. Aproveita, filho, aproveita essa sua cor.

Não acredito que vai começar de novo com a velha conversa.

Os seus irmãos e os seus primos não têm a sorte de uma pele clara como a sua, de um cabelo solto como o seu.

Vó, pelo amor de Deus, para com isso.

Me explica o que você quer da vida. Talvez eu possa ajudar.

Ele passa as mãos nos ombros dela. Eu vou buscar as pipocas e depois a gente caminha um pouco, diz tentando parecer animado e se afasta em direção à carrocinha de pipocas que está quase no outro extremo do lago.

Um homem branco bem-apessoado, dos seus cinquenta anos, vestindo apenas um calção esportivo, o que é estranho, pois não está calor, corre na direção dela, Olga passa a acompanhá-lo. A tartaruga se aproxima do lugar de onde foi expulsa, o casco bate na pedra, ela estende a pata direita, as unhas encravam nas ranhuras, alavancando o espaço necessário para que a outra pata se firme também e a cabeça se projete, determinada. O homem para a poucos metros de onde Olga está sentada, encosta-se no tronco de um ipê, alonga as pernas. Por alguns segundos, ela se distrai apreciando a musculatura dele, os braços e pernas torneados, a beleza do rosto anguloso, mas logo se dá conta da indiscrição e volta a olhar o neto que já vai adiante, desaparecendo e reaparecendo entre os taquarais e as pimenteiras que estão plantados ao redor do lago, observando seu caminhar embalado, seu jeito. Algo está errado nele, sua voz, as palavras que usa, as ideias, as roupas, a personalidade, tudo nele a decepciona. Ele não é o homem que ela queria, não trouxe a redenção que ela esperava. Nenhum dos netos trouxe. Diz para si mesma que aquela será a última vez que tentará mudá-lo. Enquanto pensa, sente ódio, um nojo súbito, que a impede de continuar acompanhando o caminhar do neto. Vira-se para o homem que ainda está a se alongar perto da árvore e se distrai. A tartaruga volta a ocupar a mesma posição na pedra. E o homem nota que está sendo observado pela mulher bonita de olhar cansado, muito cansado.

Ainda há três goles de uísque na garrafa, Fausto enfia a mão no bolso da calça, pega a tampa de rolha e a atarraxa de volta ao gargalo, estendendo a garrafa ao velho mendigo que revira o cesto de lixo orgânico com as mãos. O mendigo segura com desconfiança, não agradece. Fausto lhe dá as costas, vai em direção à Feira de Artesanato Vitorino Rodrigues, esperando que, apesar do céu com cara de chuva, consiga assistir a alguma das três apresentações de teatro de rua programadas para aquela tarde conforme está dito num panfleto que recebeu na Praça Caiowaá. Apalpa a garrafa de vodca no bolso esquerdo do casaco, entra na primeira lanchonete aberta que encontra no caminho, pega um copo plástico da pilha atrás do balcão. A atendente, ocupada que está em transferir os pastéis fritos da bandeja na sua mão para a vitrine-estufa horizontal, projeta contra ele um olhar de reprovação, mas não diz nada. Ele agradece e retoma o caminho já tirando a garrafa do bolso e se servindo quase até a borda. Ainda tem pelo menos duas quadras até a feira, e ele, impregnado de euforia, pelo calor da luz diurna, pela corriqueira presença dos outros, pelo copo de vodca consumido em poucos minutos enquanto parou em frente a um jovem que dedilhava sua guitarra à beira da escadaria de uma casa em demolição, para no orelhão da Fernandes Vieira com a Senador Vergueiro, põe o cartão com créditos telefônicos no aparelho, disca o número da casa de Beatriz. O telefone toca uma única vez.

Ângela.

Quem é?

Aqui é o Fausto.

Não imaginava que você era do tipo assediador. Tô decepcionada.

Por favor, pega uma caneta e anota o número do meu celular.

Escuta, cara, eu tô mesmo fora desse seu lance de joalheria, escolhe outra. Eu.

Faz o que eu pedi, menina.

Se eu fizer, você promete que não me liga mais?

Sim.

Tudo bem, me dá um segundo.

Fausto escuta o barulho da pancada do telefone caindo no piso.

Pronto, diz aí.

Fausto repete o número duas vezes, enrolando um pouco a língua.

Tá anotado, mas eu já falei que.

Esquece a joalheria, liguei porque você falou que tinha umas coisas pra resolver e eu fiquei pensando que se você precisar pode me ligar. Quem sabe eu consigo te ajudar.

Tudo bem.

É isso. Preciso ir, e desliga o telefone antes dela. Termina o segundo copo reparando na chuva que começa a cair e no resto de claridade que vai desaparecendo rápido no embolado-chumbo das nuvens. O copo vazio, a fragilidade da borda plástica, e ele se serve de novo. Bebe sem pressa. A chuva engrossa. Termina a bebida, joga o copo no meio-fio e pensa que, em algum expositor daqueles artesões que também comercializam confecções caseiras, talvez houvesse um vestido que caísse bem em Ângela. Deixa a garrafa na calçada. Sai caminhando na chuva que parece que não vai dar trégua, com os olhos apertados, à procura do primeiro armazém.

A pilha de caixas despenca inteira. Lucimar se equilibra na escada, evitando que elas a atinjam, a maioria abre com o impacto, fotos preto e branco são lançadas para fora dos envelopes, espalham--se sobre o piso e o tapete. Procurando se acalmar, ela observa o resultado do seu descuido e gargalha (deboicha de si mesma, da atenção obsessiva dedicada por anos a cada um daqueles pedaços de papel).

Do outro lado da porta, a voz de Eduarda pergunta se está tudo bem.

Estou. Não me incomode.

Lucimar, Eduarda insiste.

Estou trabalhando.

Abre a porta.

Lucimar desce da escada, encosta o ombro direito no batente da porta. Não abre.

Lucimar, pela última vez. Você está bem?

Tirando a irritação que essa luz incandescente nova está me causando, estou. Não veio da marca que a gente costuma usar.

Veio sim.

Ela é mais forte do que a que a gente usa. Trabalhar nesse quarto está ficando impossível, Lucimar diz.

Se você não abrir, vou arrombar, diz e ri.

Lucimar percebe que ela está rindo e, desencostando do batente para que a empregada passe, abre a porta. Você não tem mais a força que tinha antes, diz e se abaixa, pega uma das fotos do chão, observa o efeito da luminosidade contra o fosco do papel. Com certeza, essa luz não é a mesma de antes.

Como você está?

Estou bem.

Como você está, de verdade?

Sei lá. Com essa praga de hipersensibilidade constante na planta dos pés e nas pontas dos dedos.

Dói?

Não, só é desconfortável. É como se eu estivesse numa daquelas casinhas de madeira onde ficam os salva-vidas no litoral, é uma sensação de frio, de vento passando sob onde você está, a dois, três metros acima da areia. É um arrepio que não termina, e aproxima a foto dos olhos. Olha essa foto. Tem ideia de quando é?

Chafariz bonito.

Não é?

E o médico? O médico disse pra você se exercitar.

Eduarda, caso você não se lembre, a nossa última briga foi exatamente por causa desse tipo de pergunta que você insiste em fazer. Você me trata como criança. Sempre.

É para o seu bem, Luci.

Tá. Não vamos brigar mais.

É você que briga comigo.

Lucimar se aproxima dela e lhe dá um beijo no rosto.

Estamos de bem?

Sim, Eduarda, estamos de bem.

Que bom. Então me diga: e o médico?

Aquele médico almofadinha.

Ele é o melhor médico do país.

Ele não tem a menor ideia da queimação insuportável que me sobe à pele cada vez que suo demais, e você viu a cor do meu suor. Viu a secreção das pústulas. Elas estão mais inchadas que nunca.

Você precisa pelo menos se alongar meia hora por dia.

Eu tento, mas não tenho energia. Estou quase desmaiando só de mexer uns minutos nessas caixas.

Você está me deixando preocupada.

Eu também estou preocupada. Mas não é a melhor hora pra falarmos nisso, e se abaixa para pegar outras fotos do chão. E essas fotos, essas fotos já me tomaram energia suficiente por hoje. Amanhã, eu, e mostra para Eduarda algumas delas. Veja estas como são bonitas.

O que houve com a minha porta, sua delinquente?

O grito de Beatriz a desperta.

Beatriz, Ângela exclama e, desengonçada, se levanta. Você não ia voltar só amanhã?

Como eu podia esperar até segunda?, Beatriz responde e imediatamente se põe a recolher os pratos, copos e talheres que estão largados pela sala inteira. Você aqui, trancada com um desconhecido, como eu podia ficar tranquila, diz e leva a pilha de coisas para a cozinha. Inventei que estava indisposta, fiz o Heron me trazer antes do combinado. Queria ter chegado ao meio-dia, mas aquele homem é um coelho, me deixou o rabo todo arrombado de novo.

Ângela tenta ajudá-la, mas está completamente tonta. Pega a toalha úmida atirada sobre o abajur e trata de estendê-la na área de serviço. Quando volta, depara-se com Beatriz estática, olhando na direção da porta.

Agora me conta o que você e o bugre aprontaram.

Desencana, Beatriz, o cara foi legal, como você já percebeu ele nem tá mais aqui.

Olha, Ângela, veste a tua roupa e vai nessa.

Não fala assim, Beatriz, deixa eu ficar mais uns dias. Não tenho pra onde ir, não tenho dinheiro. A polícia descobriu o meu apartamento, os dólares que eu tava juntando já devem ter dançado a essa altura. Preciso de uns dias bem quieta aqui e de uma grana emprestada. Depois nunca mais te procuro. Juro, nunca mais te peço nada.

Você não pode ficar, a sua casa caiu, Beatriz diz enquanto sobe a escada caracol e, já nos degraus superiores, completa, e tem mais uma coisa, tira essa blusa. Porra, garota, essa é das minhas preferidas.

Ângela se mantém paralisada, tentando vencer a tontura, e, tão logo Beatriz desaparece no alto da escada caracol, corre até a área de serviço, pega a feiticeira, passa nos tapetes, na forração, ajeita os móveis, apaga as luzes deixando só a do abajur acesa. Na cozinha, põe os restos de comida no lixo, lava a louça. Ao pegar o primeiro talher para secar, é surpreendida.

Não é possível, Ângela, Beatriz grita.

Não é possível o quê?

Você ainda não tirou a minha blusa?

Ângela não responde, termina de secar a louça, depois para de propósito ao lado da lixeira, aciona o pedal fazendo a tampa redonda levantar, tira a blusa, joga sem hesitar para dentro e sorri para Beatriz.

O silêncio entre elas dura um tempo.

Beatriz toma fôlego, não desvia os olhos do sorriso paralisado de Ângela. Agora você errou a mão feio. Eu devia te quebrar a cara, sua sanguessuga, mas confusão a essa hora dum domingo aqui na minha casa é a última coisa que eu quero. Amanhã, nove e meia, você cai fora. Você vai entrar no porta-malas do meu carro e eu vou te largar numa daquelas garagens rotativas do Centro, você desce e fica por sua conta e risco. Não me interessa se todos os seus dólares estavam ou não naquele muquifo que deve ser o seu apartamento. Agora é contigo. E olha pra mim, sua filha duma égua, olha pra mim, anda. Não tem um centavo pra você, um centavo, ouviu?

Ângela passa por ela e, nua da cintura para cima, se atira no sofá. Beatriz apaga as luzes do apartamento, todas, e se tranca no quarto. Ângela resiste alguns minutos, mas em seguida levanta, vai até a cozinha, tira a blusa do lixo, veste. Pega a mesma toalha de banho que pendurou há algumas horas para secar na área de serviço. Volta à sala. Deita no sofá e se cobre com a toalha, tentando abstrair o fato de ela ainda estar úmida.

Quatro

Do interior do porta-malas, encolhida sobre um acolchoado fedendo a óleo lubrificante e gasolina, Ângela sente a gravidade agir sobre seu corpo quando o automóvel sobe em velocidade a rampa da garagem e sente também quando, já na calçada do prédio, Beatriz freia bruscamente, e ela, mesmo se julgando bem apoiada com os braços e pernas às paredes internas, não consegue evitar a batida da cabeça contra a lataria. Escuta quando Beatriz diz bom dia, policial, começando uma conversa que se estende por uns minutos e termina com um gracejo nada delicado dele sobre voltar ao apartamento dela para aceitar a água que ela ofereceu no outro dia. Beatriz desconversa, deseja um bom trabalho e arranca patinando os pneus. Durante os quase vinte minutos do deslocamento, Ângela é arremessada de um lado para outro no compartimento traseiro do automóvel até que sente os pneus rodando sobre um piso de chão batido, depois o aumento gradual da aceleração e, de súbito, a freada seca, fazendo-a bater com a cabeça contra a lataria mais uma vez. O motor é desligado. A tampa do porta-malas é aberta.

Sai logo, Beatriz diz e, antes mesmo de Ângela conseguir projetar as pernas para fora do porta-malas, emenda um olha aqui, vou te dar essa nota de cinquenta, enfiando o dinheiro no bolso do casaco dela. E nunca mais aparece na minha frente... Ah, impedindo-a de sair, tem outra coisa, se você dançar na mão dos pé-de-porco, nem sonha em entregar o meu endereço. Que você sabe: eu mando te empalar viva.

Ângela ajeita a peruca de fios pretos que Beatriz lhe deu para usar, sai rápido do carro.

Valeu pela grana, Ângela diz.

Beatriz não lhe dirige mais nenhuma palavra, volta para o carro e arranca.

Tenta descobrir onde está, mas não tem certeza. Não lhe resta outra alternativa que não a de sair caminhando. Quando chega ao primeiro cruzamento, ela se dá conta de estar a uma quadra da Vila Cruzeiro.

O muro de alvenaria foi substituído por um gradil de uns dois metros e meio de altura com fiação eletrificada no alto. A casa na frente e o galpão na lateral direita do terreno continuam pintados de marrom e amarelo. Ângela procura a campainha, sem encontrar. Sabe que não adianta bater palmas, César não admite que batam palmas na frente da sua casa. O portão por onde entram os carros é acionado, abre, permanece aberto. Ela então percebe a câmera fixada na extremidade do gradil, hesita, mas entra. Caminha até a porta da casa, aperta o botão da campainha.

Um garoto de pele muito branca, olhos verdes, usando apenas uma sunga de banho minúscula, atende.

Olá, sou o Amigo. Diga o seu nome e o que deseja.

O meu nome é Ângela, sou a ex-namorada do Renatão, preciso falar com o César. Se ele puder me receber.

O rapaz não responde, abre a porta para ela entrar. A peça é grande e escura. Há três homens jovens sentados num sofá de canto assistindo tevê. Ele faz sinal para que ela o acompanhe. Entram num corredor comprido, passam por sete portas, todas fechadas, chegam à cozinha bem iluminada pela luz natural que atravessa dois basculantes fixados na parte mais alta de uma das paredes. No ar, um cheiro forte de bolo de chocolate assando no forno do fogão.

Senta aqui, e indica uma das cadeiras ao redor de uma mesa de jantar.

Ângela está distraída olhando para os implantes de silicone e teflon em formato de grãos e bastonetes que ele tem sob a pele dos antebraços.

Pode sentar, ele reforça.

Eu tô bem de pé, ela diz sem tirar os olhos dos implantes.

Quer algo pra beber?

Isso não dói?

Não. Só dão uma comichão gostosa de vez em quando. Quer um suco de maracujá?

Não, valeu.

Ele olha para o relógio que está fixado na parede. Só mais cinco minutos e o bolo tá pronto, e se volta para ela. Ângela, né? Ângela namorada do.

Ex-namorada do Renatão.

Não vai sentar?

Tô de boa.

Você que sabe, diz e sai pelo corredor de onde vieram.

O cheiro de bolo é cada vez mais forte. Ângela vai até o fogão, olha através do vidro do forno. A travessa onde está o bolo é grande, ocupa todo o espaço da grade. Há quatro pedras de quartzo branco nas extremidades da travessa se projetando para fora da massa. Abre a tampa, sente o bafo quente no seu rosto, nas suas narinas, e, ao respirá-lo, uma estranha acidez de mofo misturada ao aroma áspero do chocolate.

Sem que ela perceba, o garoto volta, pegando-a com a tampa do forno aberta.

O que é isso, sua maluca? Fecha logo essa tampa.

Desculpa, cara. Eu.

Isso é bolo de maconha, da maconha que eu mesmo planto. Tive o maior trabalho, levando as mãos à cabeça. Você não sabe que nunca se abre a tampa do forno durante o cozimento de um bolo. Ainda mais um bolo de maconha.

Cara, eu sinto muito.

Tem muita energia envolvida nesse cozimento.

Eu sinto muito, mesmo.

O César disse que vai te receber daqui a uns minutos. Vê se não conta pra ele a cagada que você fez. Ele vai ficar de muito mau humor se souber.

Da minha boca, ele não vai saber.

Space cake é arte, é magia. E você pegou todo o THC concentrado do primeiro vapor só pra você. É magia. Tá sentindo?

E ela sente.

Tá, não tá?

Cara, agora que você falou. Eu acho que tô me sentindo um pouco estranha, e o formigamento vai se espalhando por todo o seu corpo, especialmente no nariz e no peito.

Você não devia ter ficado parada na frente do forno com a tampa aberta. É space cake, não é brinquedo, e ri um riso psicótico que deixa Ângela assustada.

Você me consegue um pouco de água gelada?

Não. Você vai ficar de castigo, vai sentar onde eu mandei você sentar e vai ficar quietinha pegando a maresia até o capitão do navio chamar.

Ângela sente a pressão baixar, e a fala do garoto começa a chegar desacelerada, distante, abafada, como se houvesse mãos lhe tapando as orelhas, dentro do seu cérebro.

Surgem duas mulheres nuas na porta.

O César sabe que você trouxe a menina pra cozinha, Amigo? Aposto que não, diz a mais alta, corpo de atleta de natação. Ela se aproxima de Ângela. Vamos lá, docinho. Você não tá bem. Vamos lavar esse rosto com água fria, e segura Ângela pelos braços. Pega sal no armário, diz para a outra, e depois abre os basculantes, vou levar ela pro banheiro.

E o César?, pergunta a outra, de corpo mais anguloso.

Se aquele débil mental quiser ficar trancado lá dentro o resto do dia é problema dele.

No banheiro, a mulher alta molha o rosto de Ângela, põe um pouco do sal que a outra trouxe na sua boca e a deixa perto da janela para respirar ar puro.

E aí, melhor, docinho?

Tô melhor, sim. Obrigada, Ângela responde.

Respira, sem pressa.

Alguém bate na porta.

O César quer ver ela, diz Amigo.

Tá pronta, pergunta a mulher.

Tô.

A mulher aproveita para apalpá-la de leve nos seios, na bunda. Ângela não reage, sabe que o melhor é não reagir. Abrem a porta. Amigo está esperando. Elas saem do banheiro. A mulher entrega a mão de Ângela na mão do rapaz.

É naquela porta ali. Ele tá te esperando, diz Amigo, que a conduz até a frente da porta.

Agora é contigo, ele diz.

Ângela abre a porta, entra numa sala pequena que está vazia, a sala dá para outra sala.

Vem. Ela escuta a voz de homem dizer. Ela segue em frente, entra na sala. Encontra César num sofá de dois lugares, está enrolado da cintura para baixo numa toalha branca, assistindo à tevê.

Que surpresa boa, a namoradinha do Renatão.

Assim que Ângela entra, ele se levanta. Está de pau duro.

É Viagra, ele diz.

Desculpe procurar você assim, sem avisar. Mas você já deve estar sabendo.

Rato Renato dançou de novo. Tô sabendo, sim. E ouvi dizer que foi por tua causa.

Pois é. E a polícia entrou no meu apê, levaram toda a grana que eu tinha.

Grana não é problema.

Obrigada, cara. Sei que você não nega ajuda.

Quem falou que eu não nego? Se tiver que negar, eu nego. Sempre tem os que não fazem por merecer, sempre tem os que abusam da boa-fé da mão amiga, e se aproxima dela.

Então que bom que você vai me ajudar, Ângela diz e dá um passo atrás. Preciso sair dessa cidade, César. Preciso sair pra ontem.

Não diz isso, ratinha, aqui é bom. Já cruzei o país, já fui do Sul ao Norte várias vezes. E garanto: o lugar é você que faz.

Ela não responde.

O que tu carrega vai tá sempre contigo, ele diz e segura a mão dela. A bondade. A maldade. E chega uma hora, aquela hora da verdade, que é só vocês. A bondade, a maldade. E tu.

Vou pagar de volta o mais rápido que eu puder, vou.

Vamos devagar, ele não deixa ela dizer o que ia dizer e leva o indicador à sua boca. Não vamos falar de dinheiro, ratinha. Já te falei que eu sempre fui com a tua fuça, ratinha? Respeito mulher de colaborador meu, mesmo sendo o Rato Renato. Por isso nunca abri pra tu o meu coração.

Pois é. Legal.

Vamos sentar um pouco, assistir um filme da minha coleção.

Legal, César, mas não se preocupa comigo. Tô na pressa mesmo, só vim aqui pra ver se você me financia uma grana.

Faço questão, e se vira para o armário de alumínio de vidro jateado, abre as portas expondo caixas e mais caixas de VHS e DVD. Tem gente que não liga mais pra videocassete e DVD, eu ligo. Coisa boa não se consegue na internet, coisa boa tem que ser em DVD. E as pérolas mesmo, a maioria, só estão em videocassete. Olha, nessa prateleira. Nessa prateleira estão os top. Vem, escolhe um pra gente assistir.

Ângela conhece bem a fama do César, sabe o quanto ele adora um filme de estupro, de bestialidade, de sadomasoquismo hardcore, de pedofilia e até de sessão de tortura seguida de morte.

Vê só, aqui dessa prateleira pra baixo é só o que tem de melhor, mas essa prateleira é o filé.

Ângela percebe a expressão de perversidade congelada no rosto dele.

Pô, César, não me obriga a assistir esses filmes. Tô ligada nessa sua coleção. Não tenho estômago, cara.

Mas é arte, ratinha. Só filme de arte. Faz por mim. Vamos curtir. Depois a gente fala sobre a ajuda que eu vou te dar. Ó, vou pegar um levinho, tira uma fita VHS que está bem no meio das outras da prateleira que ele disse ser a sua preferida. Esse aqui dura só seis minutos e sessenta e seis segundos, e entrega na mão dela. Na capa, a mesma paisagem campestre dos dois lados, a lombada é preta, não tem qualquer referência, não tem nada escrito. Abre a caixa, na fita também não tem nada escrito.

Como você sabe que dura seis minutos e sessenta e seis segundos? Não tem nada escrito aqui.

Todas as fitas dessa prateleira duram seis minutos e sessenta e seis segundos. Legal, não é?

Ângela olha para as paredes querendo que tudo acabe de uma vez, balança a cabeça consentindo. Ele pega a fita da mão dela, coloca no aparelho, aperta o pause, apanha o controle remoto e se joga no sofá.

Vamos lá, ratinha, senta aqui do lado do César.

Ângela obedece, procura não olhar para a ereção projetada debaixo da toalha que ele veste.

Muito bem, e aperta o play. Sem título, sem créditos de realização ou qualquer outra informação, a história começa.

Quatro mulheres carecas estão nuas dentro de uma sala com pé-direito bastante alto, as paredes estão pintadas de cinza-durepoxi. As quatro estão sentadas no mesmo banco de madeira escura do tipo banco de igreja com genuflexório atrás. Entra um menino nu, ele aparenta ter no máximo onze anos, com um laço cor-de-rosa que lhe envolve o escroto e a base do pênis, um pênis descomunal. Sem perder tempo, dirige-se à mulher sentada na extremidade esquerda do banco, faz com que se ponha de pé. Quando ela levanta, deixa à mostra o pino grosso de ferro de uns vinte centímetros de comprimento todo ensanguentado, ele desata o laço, limpa o sangue das nádegas. Imediatamente, passa para trás do banco e começa a desferir socos nas costas e cabeças das outras três mulheres, obrigando-as a levantarem também, é possível ver que todas estavam sentadas sobre pinos de tamanho idêntico, e, aos chutes dados por ele, a saírem da sala. A última das três ainda recebe um tapa na altura da orelha e se desequilibra, cambaleando aturdida porta afora. Assumindo uma expressão impassível, ele volta em direção ao banco. A mulher o aguarda em pé, ele senta entre os pinos ensanguentados, gesticula ordenando à mulher que se ajoelhe e se agarre a um dos pinos ensanguentados e comece a chupar seu pau. A câmera enquadra o rosto dela e depois se afasta, ampliando a área para mostrar o momento em que ele a empurra e começa a se masturbar com a mão direita, enfiando a esquerda por baixo do assento e reaparecendo com uma lâmina de barbear. Faz sinal para que ela se aproxime novamente e o substitua na masturbação. Ela obedece. Ele esfrega a lâmina no rosto dela, causando-lhe talhos esporádicos, ela não se detém, na verdade parece estar gostando. Assim que ele começa a ejacular, ela põe as duas mãos em formato de concha ao redor do escroto, e ele próprio passa a lâmina transversalmente na uretra. O talho é suficiente para secioná-la, fazendo jorrar o sangue.

Ah, não, cara, Ângela levanta. Esse troço é doente. Isso daí não tem nada de levinho. Isso daí é. É a coisa mais doente que eu já vi. Droga, César.

Calma, isso tudo é montagem. Não é real.

Não quero saber. Pra mim é real. Você tinha que ir preso por ter essas coisas em casa.

Escuta.

Escuta nada. E pode ficar com o seu dinheiro. Tô indo nessa.

Ele fica em pé e a segura pelo punho.

Como é que é? Tá indo aonde? A nossa parada ainda não terminou, ratinha.

Tudo bem, César, o negócio é o seguinte, tem uma conhecida minha me aguardando aqui perto, você até conhece ela, é a Beatriz. Eu disse pra ela que se não voltasse em uma hora era pra ela fazer uma ligação anônima pra polícia.

Conheço a Beatriz. A Beatriz não ia se meter comigo.

Quer apostar.

Escuta aqui, sua lesada da cabeça. Tu acha que eu não sei quando alguém tá mentindo pra mim? Eu podia te botar pra dormir e amanhã mesmo te vender prum desses fazendeiros do interior, pra ele se divertir com tu umas semanas até enjoar e depois jogar a tua carcaça fora.

Ângela não diz nada, mas começa a sentir seu corpo amolecer.

Mas, como eu sou um sujeito do bem e que, e vai se ligando, rata, um cara que gosta do teu jeito, o teu jeito de mina loka, vou te dar uma anistia, vamos começar do zero, e solta o pulso dela.

Obrigada, cara. Não vou esquecer esse favor.

Não antecipa. Não antecipa. Tu não sabe o que vai pegar.

Cara, eu já entendi o recado. Deixa eu ir.

Tu vai ir quando eu dizer que tu já pode ir.

Ela começa a tremer.

Não fica nervosa. Vou chamar o Amigo e pedir pra ele trazer um bolinho bacana pra gente degustar, um bolinho que ele fez especialmente pra mim. Até parece que tava adivinhando que eu ia receber visita.

Ô, César, já tô passando mal, cara. Não me faz comer aquilo.

Já tá sabendo que o bolinho é batizado, né.

Sério, deixa eu ir.

Pensou que era chegar aqui, em plena segunda-feira, mostrar o rostinho bonito e tudo bem. Vai ficar e vai ser legal com o César. Vai comer todos os pedaços que o César der pra tu. E fica sabendo que vai ser aí barato pra tu, diz e vai chamar Amigo.

Ângela escuta quando ele pede para o rapaz lhe trazer dois quadrados bem grandes do bolo e a garrafa de licor de uísque.

Escuta também, reconhecendo a voz, quando a mulhèr que a levou ao banheiro para se recuperar da tontura fala com César. Os dois sussurram, Ângela não consegue compreender o que dizem.

César e Amigo entram na peça onde Ângela está, Amigo traz dois pratos com dois pedaços enormes de bolo na mão direita e uma garrafa de licor de uísque na mão esquerda. César faz sinal para Ângela sentar e senta ao lado dela. Amigo entrega os pratos nas mãos deles. Ela percebe que o pedaço de bolo que recebeu é maior do que o pedaço de César. Amigo derrama um pouco da bebida sobre os pedaços de cada um.

Sou tarado por esse bolo e mais tarado por esse licor.

Amigo se retira levando a garrafa.

Antes que César diga qualquer coisa, Ângela começa a comer. Ao todo são onze garfadas. Ele apenas a observa. Assim que termina, ela fica em pé.

Cara, por tudo que é sagrado, deixa eu ir.

Tu tá sendo cruel, Ângela, mas eu vou deixar tu ser cruel.

Ela coloca o prato na guarda do sofá.

Tu tá ferrada demais. Vou ser legal. Cem por cento legal. Você vai ficar por aqui mais uns minutos, não precisa sentar, não precisa dar pra mim, não precisa cantar, não precisa sapatear. Quando eu terminar de comer o meu pedaço de bolo, tu tá liberada pra ir embora.

César.

Não precisa falar também, ele dá uma garfada no bolo, acaricia por cima da toalha o pau ainda ereto. Se cruzar com a Maninha quando estiver saindo, agradece pra ela. Foi ela que veio falar comigo aqui na porta e me convenceu de te liberar duma vez. Me falou que leu a tua mão quando vocês tavam no banheiro, falou que eu tenho que deixar tu ir. Não quis me dizer por quê. Eu quase nunca escuto o que ela diz, mas dessa vez vou escutar porque gosto de ti. Ele termina de comer o bolo, diz para ela pegar os óculos escuros modelo Bob Dylan que estão na guarda oposta do sofá onde ficou o prato dele. Ângela agradece, pega os óculos e, enquanto ele se desfaz da toalha amarrada à cintura, ela agradece de novo e se vai.

Fausto retira o último botijão de dentro da Fiorino, pensa que aquele negócio de entregador de gás foi mesmo longe demais, fecha a porta do utilitário. Arrasta o recipiente para junto dos outros sete. Vai deixá-los ali nos fundos da sua garagem por um tempo, deixar a poeira baixar, e depois vai vender. Seu telefone vibra dentro bolso da calça. Atende.

Oi, cara.

Quem é?

A Ângela. Não tô passando bem. Uns caras que eu conheço, eles fizeram eu comer um bolo de maconha e eu, puta merda, eu detesto maconha, eu não tô passando bem, acho que vou ter um derrame, e eu não posso ir pra hospital, tô sendo procurada, que droga, tô muito na merda, que merda isso, tá sendo procurada pela polícia é uma.

Onde você tá?

Eu tô aqui no Parque Etelvina, na frente do auditório.

Sei. Acho que tem um café que é mais ou menos aí perto, não tem?

Tem.

Vai pra lá, pede um expresso.

Preciso vomitar, tô enjoada, mas já botei o dedo na goela umas dez vezes, não tô conseguindo.

Quanto tempo faz que você comeu o bolo?

Sei lá. Umas três horas. E cada minuto que passa piora.

Faz o que eu disse. Vai pro café, pede o expresso, coloca um pouco de sal debaixo da língua, que eu chego aí em vinte minutos. Certo? Fica no café. Não sai do café.

Ela desliga, tira o cartão com créditos telefônicos do aparelho, põe no bolso, vai direto para o café.

* * *

O garçom está custando a atendê-la. Enquanto o aguarda, Ângela mantém o olhar fixo no reflexo do seu rosto no inox bem polido do açucareiro, tentando não ficar mais impressionada do que já está com a sensação de que seus batimentos cardíacos estão cada vez mais lentos e que dali a pouco seu coração pode parar. O garçom se aproxima, pede desculpa pela demora e pergunta se ela deseja conhecer a carta de doces e salgados, se deseja um suco, um chá, um café. Ela não responde, permanece olhando para o açucareiro. O garçom segue falando, mas ela está ocupada demais com a tarefa de continuar respirando para conseguir interagir. Então ele toca de leve a mão no ombro dela perguntando se está tudo bem. Dando-se conta do quanto está imersa naquele quase estado de choque, Ângela levanta e, sem dizer uma palavra ao garçom, sai caminhando em direção ao pronto-socorro municipal, que fica a três quadras de onde está. Não tem outra saída, ela pensa. Que me prendam, que me fodam. Mas eu não vou morrer. No caminho, para na frente de um posto de gasolina. Não vou conseguir chegar no pronto-socorro, pensa. Sente que está prestes a desmaiar. Caminha até a loja de conveniência, pergunta se tem gelo. O atendente diz que sim. Ela pede um saco. Pega um pacote de batatas fritas também. Entrega a nota que Beatriz lhe deu, recebe o troco. Vai até uma das cadeiras que estão na frente da loja de conveniência, senta, bate o saco no chão para separar as pedras de gelo, põe o saco no colo, abre com os dedos, tira os óculos, deixa no assento da cadeira ao lado da sua, enterra os punhos no gelo aguentando o quanto pode, repete o procedimento outras três vezes. Sentindo-se mais desperta, põe o saco no chão, descalça as botas, tira as meias, põe os pés sobre as pedras de gelo. Abre o saco de batatas fritas, começa a comer, respirando fundo, sem pressa, deixando o tempo passar.

Uma Fiorino entra no posto, mas não para ao lado de nenhuma das bombas de gasolina, segue devagar até diante dela. Então Ângela reconhece Fausto ao volante. Ele sai do utilitário, caminha na direção dela.

Como você me achou?

Quando não encontrei você no café, pensei: ela não conseguiu ficar parada aqui e pode ter mudado de ideia, pode ter ido pro pronto-socorro. Segui a minha intuição.

A sua intuição tava certa, eu tava indo mesmo pro hospital.

Vim dirigindo devagar pra ver se te avistava, diz e senta na cadeira ao lado da cadeira onde ela colocou os óculos escuros.

Me reconheceu mesmo eu usando essa peruca?

Pra falar a verdade, a peruca foi o que primeiro me chamou atenção.

É, você é bom de intuição.

Mas não funciona.

Sei, ela o interrompe, não funciona com todo mundo. Mas funciona comigo. Por isso: foda-se todo mundo.

Você chegou a tomar o café?

Não. Achei melhor o bom e velho gelo, e mostra o saco de batatas fritas, o bom e velho sal.

Vou pegar um café pra nós.

Não quero café, quero uma Coca-Cola.

Fausto levanta, compra uma lata de Coca-Cola e uma lata de Serramalte, volta.

Você não alivia mesmo, hein, ela diz olhando para a Serramalte na mão dele.

Ele entrega o refrigerante para ela, não diz nada.

Cara, tô vendo que essa chapação pesada não vai passar tão cedo. Tô começando a me sentir estranha de novo.

Muito estranha?

Pra caralho. Tipo sensação de que vou desmaiar. Mas tô mais calma, e abre o refrigerante. Obrigada por ter vindo me ajudar, e bebe.

Você deve tá com uma dose concentrada de THC no sangue. Vai passar. Vamos botar um pouco de comida de verdade nesse estômago.

Não preciso de comida. Tá, até preciso. Mas preciso mais é me deitar, tive uma noite de cão e tô tendo um dia de cão.

Vou arranjar um lugar pra você.

Ela não diz nada, fica olhando nos olhos dele.

O que foi?

Cara, você acaba de dizer que vai conseguir um lugar pra eu ficar. Caralho, faz tempo que não sei o que é alguém se oferecer pra me ajudar.

Fausto abre a lata.

E a gente nem se conhece, ela diz.

Ele diz que cabelo preto combina com ela e bebe a cerveja em silêncio.

Machadinho dobra a esquina e já enxerga Fausto em frente à entrada do prédio de Lucimar, tira o molho de chaves do bolso, acelera o passo. Ao chegar perto, repara na menina sentada no capô do carro estacionado à frente do portão, é a mesma da sexta-feira passada, só mudou o cabelo.

Você tá atrasado, Fausto diz.

Vim o mais rápido que pude, e se vira para Ângela. Eu lembro de você, vi quando você largou a moto no canteiro da Avenida Humaitá.

Ângela não diz nada. Fausto pega as chaves da mão dele.

Machadinho não reage, seus olhos estão fixos no rosto de Ângela. O seu cabelo não era assim, comenta.

Tudo bem, Machadinho, a gente conversa lá dentro, Fausto diz e toca o interfone para que o porteiro abra o portão.

Os três cruzam pelo porteiro, que os cumprimenta com indiferença. Machadinho se adianta, abre a porta do elevador. Ângela entra. Fausto entra, aperta o botão do décimo segundo andar.

Não façam barulho, a Lucimar ainda deve estar dormindo, Fausto avisa antes de entrarem no apartamento.

Machadinho vai direto para a cozinha. Ângela se acomoda no divã de couro próximo às vidraças que separam a sala de estar da sacada, nota os vasos com flores mortas, a maioria crisântemos, empilhados no canto direito da sacada. Fausto pergunta se ela quer água. Ela balança a cabeça dando a entender que sim. Ele entra na cozinha. Machadinho está sentado à mesa rodopiando o aparelho celular sobre o tampo.

Qual é a dessa menina, Fausto?

Vai ajudar a gente num trabalho aí.

Como assim, cara? Três dias atrás, você me disse que era só nós dois.

É um trabalho grande. Você não queria um trabalho grande?

Não te entendo, Machadinho diz.

Fausto abre a geladeira, serve um copo com água gelada, pega duas latas de Serramalte. Antes de começar a reclamar, pelo menos escuta o que eu vou dizer, e oferece uma lata ao parceiro.

Quantos anos ela tem?

Uns vinte.

Não parece.

Fausto vai até a sala levar o copo d'água para Ângela e volta, senta-se à mesa.

Vou tentar ser o mais didático possível: um, ela me ajudou a não cair de bandeja nas mãos da polícia, dois, parece que ela se meteu numa roubada, uma aí que eu ainda não entendi direito, e eu resolvi ajudar, três, ela tá precisando de dinheiro, como você e eu.

Mas ela tá nessa do trabalho, de verdade? Pro que der e vier?

Antes ela não tava botando muita fé, mas acabou mudando de ideia depois que eu dei uma força pra ela mais cedo.

Não tava botando muita fé? Então você já contou pra ela qual é o trabalho.

Contei, mas não dei os detalhes.

Fausto, ela é uma adolescente.

Não é.

É sim.

É melhor você não começar de implicância. Ela tá com a gente, é adulta, sabe o que quer. Vamos botar a mão numa grana. Não era isso que você queria? Uma parada que não fosse trabalho merreca, Fausto diz.

E qual é a parada?

Vamos pra sala, vou explicar pra vocês.

Machadinho levanta e o segue. Não tocou na cerveja.

Na sala, Fausto senta no sofá em frente ao divã onde Ângela está. Olha para Machadinho. Se ajeita aí.

Machadinho puxa uma cadeira, senta à mesa de jantar.

Bem, vou apresentar vocês. Ângela, esse é o Machadinho. Machadinho, essa é a Ângela.

Machadinho prepara uma cara de aí tudo bem esperando que Ângela olhe para ele, mas ela não olha.

Ângela, Fausto diz calmamente, Machadinho é o meu melhor amigo e sócio nos trabalhos.

Prazer, cara, ela diz sem olhar para ele. Quero registrar que tô impressionada com o tamanho desta sala. Se afastar os móveis, dá pra jogar futebol de salão aqui dentro, sua fala sai amolecida. A sua amiga deve ter muito dinheiro.

Um pouco.

Um pouco? Duvido. Ela deve ter é muito.

É uma amiga de muitos anos que me ajuda às vezes. Só isso.

E como é?

Como é o quê?

Você disse que tem um quarto nesse apartamentão.

E?

Cara, se eu tivesse um quarto disponibilizado só pra mim num apartamentão desses. Putz, vou dizer. Zero oitocentos, zero oitocentos total. Na boa, eu ia.

Ia ficar longe da delinquência?, Machadinho pergunta.

Mais ou menos isso, ela responde ainda sem lhe dirigir o olhar.

É que o teu novo amigo aqui é um cara complicado, Machadinho diz.

Complicado? Do tipo orgulhoso que recusa ajuda? Que despreza vida mansa?

Do tipo que um dia decidiu se rebelar, Machadinho responde.

Contra a vida?

Contra tudo.

Um teimoso, Ângela diz e encara Machadinho.

Um artista, Machadinho provoca.

Que gosta de desenhar, ela completa.

Isso, um desenhista, diz e olha para Fausto. Mas um desenhista frustrado, insistindo na provocação.

Pra mim tem cara de teimoso, ela diz.

Acho ótimo que vocês concordem que eu sou um desses caras que não sabem aproveitar as oportunidades, Fausto reage. Mas os dois estão aqui pra outra coisa, e se aproxima da mesa de centro entre o sofá onde ele está e o divã onde Ângela sentou. Abre o tabuleiro de gamão dobrável do tipo valise de couro que está sobre o tampo de mármore da mesa de centro junto com um tabuleiro de xadrez, retira três dados, dois vermelhos e um preto, e oito peças brancas. Fecha a valise, deixa de lado. Põe a última peça branca afastada das outras sete. A parada que eu bolei, Machadinho, vai acontecer numa joalheria, fala e percebe Ângela absorta. Vamos lá, garota, presta atenção.

Ângela se empertiga.

E o trabalho vai ser feito na segunda-feira que vem.

Segunda-feira que vem? Uma joalheria? Você enlouqueceu? Nesse pouco tempo, nem furto de caixinha de igreja dá pra planejar direito. Fausto, são apenas sete dias, diz Machadinho.

Seis, Ângela diz, compenetrada que está na ponta do dedo médio de Fausto pressionando a peça branca deixada à parte das outras.

Tenho tudo planejado. Venho pensando faz semanas nisso, volta-se para Ângela. Ter ficado naquele apartamento com você apenas antecipou a minha decisão, e desloca a peça para junto das demais. Ouçam com atenção. Tem essa joalheria na esquina da Paissandu quase esquina com a Sant'Anna, certo?

Cara, Machadinho se agita na cadeira, você tá falando daquela joalheria que fica praticamente do lado do quartel da polícia militar.

Fausto balança a cabeça e olha de novo para Ângela, que permanece impassível como se tudo aquilo não lhe dissesse respeito. Pega um dado vermelho, põe bem à sua frente. Aqui tá a joalheria, pega o segundo dado e o coloca alguns centímetros adiante do primeiro, e aqui tá o quartel da polícia militar. O quartel fica a menos de cinquenta metros da joalheria, e justamente por isso ela é uma das mais seguras da cidade. Nunca foi arrombada ou assaltada.

Machadinho olha para Ângela.

Tô sabendo disso agora também, ela diz ainda com a fala amolecida.

Agora vem o detalhe que explica a minha escolha. Há exatos dez anos, trabalhei na empresa que montou o cofre da joalheria, fui eu quem coordenou as obras de instalação da porta e das prateleiras, inclusive a instalação do alarme, conheço cada centímetro daquela joalheria, sei onde estão os dispositivos que disparam o sistema, sei como bloquear o sistema que aciona as trancas e como evitar o acionamento das trancas automáticas. Nós precisamos apenas forjar uma situação que nos dê a confiança do proprietário, da gerente, das atendentes.

Ângela levanta a mão.

Pode falar, Fausto diz.

Como é que você sabe que, nesse tempo todo, o dono da joalheria não trocou o sistema de segurança.

Essa é a pergunta, Fausto diz satisfeito e volta a se inclinar na direção da mesa de centro. Às vezes encontro, pelos bares do Menino Deus, um velho conhecido que ainda é funcionário daquela empresa de instalação de cofres e sistemas de segurança. E, sempre que pode, ele reclama que o sistema de segurança da joalheria tá ficando ultrapassado porque o dono é um mão de vaca, um avarento, que fica se fiando na de ter como vizinhos os caras da polícia militar, que o sistema ser antigo só faz com que as revisões e manutenções durem o triplo do tempo de uma revisão, de uma manutenção, normal, reclama que o dono não troca as fitas da câmera instalada na entrada da loja e por aí vai. Leva para perto dos dados as peças brancas, deixa três delas encostadas no dado que representa a joalheria e duas no que representa o quartel. Na quarta-feira, à tarde, eu, e pega uma das três peças que restam separadas, eu e você, Ângela, pega outra peça, vamos até lá. Seremos pai e filha.

Acho que fica melhor avô e neta, Machadinho diz.

Estaremos lá pra comprar o seu presente de aniversário, Fausto prossegue sem ligar para a graça feita pelo outro. Você vai pedir pra ver o maior número de anéis que puder, Ângela, depois vai escolher um que fique grande no seu dedo. Isso vai me dar o tempo necessário pra tentar descobrir se tem algo, algum detalhe, que pode nos atrapalhar. Vou pagar o anel à vista. A gente tem que fazer eles confiarem em nós. As joalherias costumam levar de dois a três dias pra ajustar anel. Vamos pedir o anel pra segunda--feira de manhã na primeira hora quando é menor o movimento e, por isso, só ficam o dono e uma das atendentes. Olha para Machadinho. Nesse dia, eu e você vamos finalizar o serviço, e traz para junto das outras a peça que faltava. Este é você.

Machadinho olha para a peça, já não acha graça.

Vou ligar vinte minutos antes da loja abrir dizendo que fui chamado pra uma viagem de urgência a trabalho e que vou passar na loja pra pegar a joia da minha filha dali a pouco, diz e se volta para a porta que dá para o corredor dos quartos, sabe que a qualquer instante Lucimar passará por ela. E assim que eles abrirem a loja pra mim, eu vou render a atendente e o dono da loja. Daí vou deixar você entrar, Machadinho. Limpamos a joalheria em cinco minutos enquanto você, menina, fica esperando por nós do lado de fora, num carro que o Machadinho vai arranjar amanhã. Entramos no carro, trocamos de roupa, vamos até um lugar seguro, deixamos o carro. Cada um vai pra um lado, diz e pega o dado preto que ainda não havia sido usado e recoloca no mármore, e depois nos encontramos aqui, no apartamento.

Não acha que esse negócio de quartel, sei lá, pode dar merda? Entendo o seu ponto de vista, esses patetas da polícia são vacilo pra caralho, mas sabe como é, o quartel, como você mesmo disse, fica a cinquenta metros da joalheria.

Não se preocupa. Ali não acontece nada. Não tem erro.

Machadinho fica em silêncio. Fausto aguarda sua reação.

Cara, dá pra gente conversar ali na sacada?

Pode falar na frente dela, Machadinho.

Por mim tudo bem, Ângela diz.

Mesmo assim, Machadinho levanta, vamos falar na sacada. Abre a vidraça que dá para a sacada, passa, Fausto o acompanha. A sacada está escura, a claridade que vem das luzes da avenida não chega a alcançá-la. Lá embaixo, o barulho dos automóveis ainda é intenso.

Desembucha logo.

Esse plano é suicídio. Tô estranhando você. Até senti um lance estranho enquanto você falava. Não é grana que tá rolando nesse seu plano. É a garota. Puta, meu, essa pivete não tá ligando a mínima pra nós. E você tá aí, todo encantado.

Você tá com medo.

Medo?

Fausto bate com a ponta do sapato na ponta do tênis que Machadinho está usando. Já pensou quantos tênis muito melhores do que esse aí que você tá usando você pode comprar com a grana da venda duma pedra preciosa?

Machadinho não chega a responder, a vidraça se abre inteira, bate forte contra a presilha do caixilho, Lucimar aparece vestida num roupão bordô.

Boa noite, cavalheiros, Lucimar diz.

Oi. Desculpa. Eu não quis te acordar, Fausto diz.

Tá tudo certo, Fausto. Eu só quero saber uma coisa: quem é a ninfeta roncando ali no divã?

Machadinho olha por cima dos ombros de Lucimar. A mina tá ligada mesmo, hein. A gente só fez um intervalo, e ela já caiu no sono.

Essa é a deixa, Machadinho, Lucimar diz.

Machadinho olha para Fausto, não sai do lugar.

Quer fazer o favor de ir, Machadinho, e levar a sua amiga ali junto, Lucimar reforça.

Aí que você se engana, Lucimar. Ela não é minha amiga, é amiga do Fausto, e se vira para Fausto. Tô indo. Amanhã você me liga e diz se vai manter o cronograma. Olha para Lucimar. Foi um prazer te rever, Lucimar, e se retira.

Quem é a menina, Fausto?

O nome dela é Ângela. Vai ajudar naquele trabalho que eu te falei no sábado.

Você não disse que ia cozinhar pra mim hoje?

Foi um dia cheio, Lucimar. Desculpa. Vou preparar alguma coisa pra gente comer.

Não precisa. Mais tarde eu faço um sanduíche. Eu quero saber é da menina.

A menina não tem pra onde ir. Pensei em deixar ela aqui no meu quarto por uns dias.

Lucimar não responde.

Por favor, não recusa.

E o seu apartamento?

Você sabe, tá uma bagunça. Não tem lugar pra ela.

Lucimar se debruça sobre o parapeito da sacada. A noite está linda, não está?

A luminosidade da avenida.

Eu gosto tanto da luz.

E fez dela o seu trabalho.

A minha vida.

Um trabalho festejado.

Mas a luz não gosta mais de mim. Ela me faz uma falta. Você não imagina.

Imagino, sim, Luci.

Tenho me esforçado para ser boa com você. Tenho sido boa para você?

Tem sim, Luci.

O que sinto por você é o que me resta da luz.

Vou estar pra sempre em dívida com você.

Não vamos falar de dívida.

Mas eu sei. Eu jamais conseguiria pagar.

Lucimar ri. Meu pobre Fausto.

Mas eu sei.

Quieto. Vamos deixar o que é sombra longe dos nossos dias. Vamos tirar os brinquedos das caixas. Vamos fazer a sua fortuna.

Você tem sido boa comigo.

Hoje a sua amiguinha dorme aqui. Amanhã, eu lhe digo se ela fica ou não.

Obrigado.

Não agradeça. Não precisa, você sabe. Além do mais, estou intrigada.

Com o quê?

Com você. Você está parecendo um completo estranho pra mim.

Fausto acende a luz do quarto, entra. Ângela entra logo atrás.

Vou separar uma das minhas camisetas pra você usar de pijama. Amanhã compramos umas roupas novas pra você.

Cara, a sua amiga, ela dorme durante o dia e fica acordada de noite. É isso?

Ela tem uma doença rara. Não pode pegar luz do sol.

Deve ser muito triste.

Ela é forte. É a pessoa mais forte que eu conheço.

Esse seu quarto é enorme, e caminha até o banheiro, acende a luz. E esse banheiro também.

Também já achei esse quarto e esse banheiro grandes. Abre o armário, pega toalha e uma das suas camisetas, põe em cima da cama.

Preciso dormir, ela diz.

Toma um banho e dorme. Tem uma escova de dentes ainda na embalagem na gaveta da pia. Pode usar.

Pode ter certeza de que eu vou usar.

E tem xampu no armarinho.

Obrigada.

Acho que é isso, vou deixar você descansar. Falamos amanhã.

Obrigada, mil vezes obrigada.

Quando ele fecha a porta, ela pega a toalha, liga o chuveiro, senta no vaso, fica observando as cerâmicas brancas e antigas das paredes. O vapor da água quente vai tomando conta do banheiro. Ela tira as botas, fica de pé, volta para o quarto e se joga na cama. O vapor do chuveiro começa também a tomar conta do quarto. O esfumaçado vai desarrumando o branco do teto, afrouxando as suas pálpebras, aquietando sua mente. E ela escapa, precipita na proteção do abandono.

Cinco

Sai do quarto. A camiseta de Fausto mal lhe cobre o alto das coxas. Tenta abrir as outras portas ao longo do corredor. Estão todas fechadas. Segue até a porta que dá para a sala. Abre. A sala lhe parece ainda maior do que na noite anterior. A claridade do dia nublado não dá sinal de ser tarde ou ainda manhã. Caminha até a cozinha, o relógio de parede marca duas e meia. Abre a geladeira, pega uma garrafinha de iogurte líquido, abre, dá um gole, volta para a sala, percebe o bilhete sobre o assento do divã. *Fui ajeitar as coisas, volto no meio da tarde.* *Não faz barulho.* *Lucimar está dormindo. Fausto.* Deixa o iogurte de lado, vai até a porta social. Está trancada. Tenta a porta de serviço. Também trancada. Volta para a sala. Deve ter uma chave escondida por aqui, pensa. Começa pelo armário com gavetas ao lado da cristaleira maior. Está trancado. Decide procurar nas gavetas do móvel antigo tipo cômoda onde está o telefone. Na primeira de cima, encontra dezenas de prescrições médicas em folhas brancas timbradas preenchidas com a caligrafia típica, e também muitas requisições de exames em guias azuis com o logotipo do plano de saúde em destaque. Abre a gaveta de baixo, descobre um envelope verde-escuro. Dentro do envelope encontra oito fotos em preto e branco, elas retratam um mesmo homem nu, sentado de costas, sobre uma cama de casal imensa. Ela observa as fotos com atenção. Recolhe as fotos, põe o envelope de novo onde estava, passa às outras gavetas. Encontra centenas de lâminas polaroides. Conforme vai abrindo, gaveta por gaveta, vai encontrando novas lâminas e arremessando sobre o tapete redondo antes da mesa de jantar as que lhe parecem mais inusitadas. E vai se formando um amontoado de polaroides. Um rosto se repete nas fotos, o rosto de um homem jovem. Ela fecha as gavetas, ajoelha-se em frente às fotos. Separa as seis que mais lhe chamam atenção e, a partir delas, enfileira as demais. O tempo passa, e ela se distrai. Até que a voz masculina a pega de surpresa.

Trouxe presentes.

Ela se vira na direção da porta, olha para Fausto com raiva.

Cara, nunca mais me deixa trancada nesse apartamento ou em qualquer outro lugar. Se quiser trancar a porcaria da porta, então me dá uma chave. Se não quiser me dar uma chave, deixa a porcaria da porta aberta. Falou? Caralho, mano. Me bateu a maior noia. Troço desnecessário.

Fausto permanece estático próximo à porta segurando várias sacolas de lojas de roupas.

Tudo bem, já passou.

Ele deixa as sacolas sobre a mesa de jantar. Espero que sirvam.

Ela faz cara de decepção. Duvido que você acertou o meu número, diz e levanta em direção à mesa.

Perguntei pra Lucimar. Trinta e oito, né?

É.

A Lucimar é fotógrafa, como você já percebeu, é boa em medir proporções. Ela só não quis opinar sobre o número do calçado.

Tem uma sandália aqui.

Trinta e oito. Decidi arriscar no mesmo número.

Errou por um, já abrindo o pacote da terceira sacola. Um boné de florzinha da Adidas. Cara, sempre quis um desses.

Fausto caminha até as polaroides.

Não acredito. Calcinhas de algodão. Cara, sem palavra. Você acertou tudo. Eu só uso calcinha de algodão.

Aquele dia no apartamento da sua amiga você tava usando calcinha de algodão. Não foi difícil imaginar que você prefere algodão.

Não quero falar daquele dia, e pega a quarta sacola, retira a caixa dourada com um selo imitando lacre de cera carmim onde está impresso o nome da butique. Dentro há um vestido preto curto drapejado até a altura da cintura. Qual é, meu tio. O que você tá querendo fazer comigo? Isso daqui é.

Velutina grega, diz e começa a recolher as fotos do chão.

Não tenho a menor ideia do que é velutina, só sei que esse vestido é simplesmente maravilhoso. Por favor, por favor, por favor, tem que ficar bom em mim, tem que ficar, apanha uma das calcinhas da mesa, veste-a ali mesmo. Joga as sandálias no chão, calça-as. Vira de costas, cara, ordena.

Fausto obedece.

Tira a camiseta, põe o vestido. Pode desvirar.

Ele desvira. Tem dois lenços de cabelo dentro dessa bolsa marrom e na bolsa verde tem uns óculos de sol grandões meio espelhados, vai tapar bem o seu rosto.

Ela escolhe o lenço com detalhes em verde. Esse combina com as tiras da sandália, diz e o coloca na cabeça. Você não tem ideia. Essas lentes espelhadas, diz e vai se olhar no espelho.

Você ficou bem, ele diz.

Ah, vou ter que dar uma saída. Não quero nem saber. Me turbinou. Tô montada, não tô? Agora, vai me levar num lugar pra gente comer alguma coisa. Não comi nada desde que acordei.

E aquele iogurte ali?

Tentei beber, mas não consegui encarar, é de ameixa, o gosto é horrível.

Um lugar pra comer? Um restaurante?

Sim, ela diz.

A essa hora da tarde. Conheço um, mas é caro.

Azar é seu. Ajoelhou tem que rezar. O salto alto da sandália a deixou quase da altura dele. Vai me aturar de mulherão, e percebe a pilha de fotos que ele recolheu sobre a banqueta ao lado da cômoda do telefone. Pô, desmanchou o meu jogo.

Que jogo?

O meu jogo de paciência ao contrário.

Paciência ao contrário?

É. Tava procurando a maldita chave pra me destrancar desse gaiolão de luxo e acabei descobrindo essas gavetas aí, cheias dessas.

Polaroides.

Isso aí.

Ele a observa. Mesmo não demonstrando, está contagiado pela sua animação.

É você, né?

Como assim?

Não se faz de tanso. É você o cara lindo nos retratos.

Dá pra perceber?

Um pouco. Você tá muito diferente.

O tempo é cruel com todo mundo.

Quantos anos você tinha?

Vinte seis. Vinte sete.

Você era lindo, de verdade.

Mudei bastante. E não foi só por fora.

Não vou dizer que não.

Ele não responde.

Mas os teus olhos não mudaram nada.

Ele pega as fotos em silêncio, abre a segunda gaveta e guarda as fotos ali. Vou até o quarto mudar de camisa enquanto você termina de conferir as roupas que eu te comprei. Têm umas aí que são pra você usar amanhã. Tem certeza que vai querer sair com esse vestidinho?

Não tiro essa roupa por nada, diz, sobrepondo contra a cintura a calça slack azul-turquesa de uma grife que ela nunca ouviu falar.

Tá frio lá fora.

Ela não lhe dá atenção.

Fausto larga a carteira e o molho de chaves sobre o tampo da mesa, vai até o seu quarto.

Ângela deixa a calça sobre uma das cadeiras, pega a carteira dele, abre, conta o maço de notas de cem. Caralho, dois e oitocentos, pensa, e pensa que podia pegar aquele dinheiro e sair dali naquele momento. Mas não faz. Põe a carteira no lugar onde estava. Pega o molho de chaves, analisa cada uma das oito. Há uma tubular rombuda do mesmo tipo de ferro do espelho e da roseta da fechadura do gavetão sob a cristaleira. Não perde tempo, vai até a cristaleira experimentar a chave. E a chave abre a gaveta. Procurando não fazer barulho, abre a caixa de madeira que está dentro. Caralho, diz para si mesma. Há um revólver calibre quarenta e quatro, duas caixas de munição e um silenciador artesanal dentro da caixa.

Fecha isso, Ângela, Fausto a surpreende, pega rápido a carteira de cima da mesa, abre, conta as notas para ver se ela pegou alguma.

Resolveu tirar a tarde pra me assustar?

Fecha isso daí, eu já disse.

Calma, tio, e retira o revólver da caixa. Realmente, esse ferro é bem mais prático e poderoso do que aquele fuzilzinho do Paraguai lá no apê da Beatriz. Agora eu entendi aquela letra todo machão de eu tenho a minha arma. E esse cano? Monstro total. É silenciador, não é? Nunca tinha visto um silenciador. Tu é grande, hein, tio. Fica escondendo o jogo.

Fausto tira o revólver da mão dela. É difícil ser gentil contigo, e põe de volta na caixa, fecha o gavetão, guarda o molho de chaves no bolso.

Eu.

Não tem essa de eu. Você mexeu onde não devia.

Cruzei a linha, admito. Mas que é arma de bandido de verdade, isso ela é.

Arma? Essas merdas só prestam pra quando você tem certeza de que precisa mesmo usar. Não é brinquedo.

Então você nunca usa nos trabalhos que faz.

Nunca. Eu só toco nesse revólver pra limpar.

Então tá, ela diz.

E ficam em silêncio por um instante.

Mas o restaurante bacana ainda tá de pé, ela quebra o silêncio.

Sim, vamos comer.

Agora?

Agora, ele diz, impassível.

Ela se adianta em direção à porta.

Que ela demore a perceber o quanto ele está instigado e feliz pela presença dela. Desnorteadamente instigado. Renovado. Imprudentemente feliz.

Por conta da baixa velocidade, a tração da quarta marcha começa a falhar. Com o punho esquerdo apoiado sobre a perna e só as pontas dos dedos firmando o volante, o motorista aguarda o primeiro solavanco do motor, então engata a segunda e, sem debrear, acelera. Enquanto o carro ganha velocidade, pelo espelho retrovisor interno o motorista olha fixo para Machadinho, que está sentado no banco de trás, e larga um máquina boa é outra coisa, seguido de um sorriso presunçoso. Ao lado de Machadinho, o menino segura dois bonecos articulados de plástico, movimenta-os com energia, simulando o combate e um diálogo de falas exageradas envolvendo raio rubi celeste, fluxo cósmico paralisante, golpes da fúria concentrada da serpente elétrica, coisas do tipo. O sachê preso ao console do câmbio exala um mais do que exagerado odor de framboesa que, pelo menos, atenua o cheiro tóxico de fossa causado pela flatulência ininterrupta do menino. O refrigerante chacoalha na garrafa dois litros entre as pernas de Machadinho. Com a mão direita, o motorista brinca, fazendo os vidros subirem e baixarem aleatoriamente. Machadinho suspira irritado, tira a garrafa das pernas e coloca sob o banco do motorista.

E aí, Pica-pau, você tem o carro ou não tem?

Vamos ver, Machadinho. Vamos ver.

Vamos ver não é resposta.

É que, vou ser sincero, esse que cê pediu tá foda de arranjar.

Pô, você fez eu vir até aqui pra me largar esse caô.

Calma, a gente só tem que encontrar o Vampeta.

Tirando o jogador, não lembro de nenhum Vampeta.

O Júlio, Júlio Mordida, Júlio Vampeta.

Acho que sei.

Pois é. Fica tranquilo. Vai rolar.

Essa parada tá virando lenda.

Relaxa.

Então adianta, qual é a do Júlio.

O Júlio é cabeçudo, meio temperamental, mas honra compromisso. Ele tá me devendo umas aí. Tenho certeza que arranja fácil o carro pra você, e aponta um fusca passando na outra pista. Olha aquele fusquinha. Que pintura. Se fosse uns anos atrás, a gente parava aqui mesmo e levantava ele, na cara dura. Não é?

Talvez.

Lembra do meu Militrica?

Lembro, Machadinho responde.

Foi pra embonecar aquele fusca que eu comecei a levantar peça e acessório dos outros. Foi bem na época que a gente se conheceu. Lembra?

Aprendi a dirigir nele.

Não aprendeu?

Só você me deu a moral de me emprestar o carro pra aprender a dirigir.

Coloquei ele na sua e em duas semanas cê já tava dirigindo melhor que eu. Hoje, o carrasco é esse daqui. Mano, vou ser sincero, esse carro me quebra, é peça nova todo mês, é o maior preju. Mas, cê sabe, as minas se amarram num Golf. Ou é Golf ou é Trezentos e Sete, mas Trezentos e Sete é muita bandeira, é meio carro de fresco, de burguês cuzão, e, cê sabe, não sou nem uma coisa nem outra.

Sei. Machadinho consulta as horas no painel.

Braceletes alfa. Morra. Morra, o adolescente sobe a voz numa euforia súbita.

Ô, Ricardinho, fala mais baixo aí atrás e para de se peidar, que eu já tô me arrependendo de ter te trazido. Que coisa nojenta, fica metralhando o banco de couro, vai acabar impregnando no carro esse fedor. Fica se entupindo de comida, dá nisso.

Me diz uma coisa, Pica-pau, ouvi por aí que o Milton pediu sua cabeça. Tu tá pedido, mano?

Tô mais ou menos.

E anda por aí, passeando de carro com o seu irmão no banco de trás. Tá arriscando, mequetrefe. Depois não adianta chorar o leite derramado.

Não dá nada, Machadinho, e solta uma gargalhada. Cê é que tá afrescalhado, tá destreinado do molejo, fera. Também, agora só fica andando em bairro de branquelo metido a elite, sonhando com as parada de shopping center, cineminha, coisinha da moda. Vou ser sincero, um tênis fresco como esse que cê tá usando não pega bem aqui na quebrada.

Se contém, Pica-pau. Você não sabe de nada. Sou o mesmo cara de sempre, só não tô mais nessa de passar o resto da minha vida tentando ser o rei da esquina.

Não sei de nada, é? Mas tô aqui na função de te dar cobertura. Não fui eu quem foi pro outro território pedir arrego de moradia prum bando de garçom boiola.

Nada a ver.

Não, chapa. Tudo a ver. Naquela pilha só tem veado. Não pensa que eu não sei.

Qual é, Pica-pau?

Qual é digo eu, Machadinho. Ou não tá sabendo o que a moçada diz por aí sobre tu?

Não força, cara. Pensa bem o que vai dizer, avisa e olha para fora do carro se perguntando quando foi que passou a odiar aquele bairro.

Neguinho diz por aí que você não gosta de mina, que, e para de falar, se voltando para o banco de trás. Ricardinho, Pica-pau grita bem alto, se você peidar desse jeito mais uma vez, vai pra casa a pé, falou?

O menino arregala os olhos assustado, não dá mais um pio.

Desculpa, Álvaro, falei merda, Pica-pau se desculpa.

Galera inventa merda, Machadinho diz.

Vou ser sincero, inventa mesmo.

Tudo bem, mequetrefe. Fico com o Celta, Machadinho diz. Não quer mais nem um minuto naquele inferno.

Quê?

Tô desistindo do outro carro. Mas tem que ser um Celta um ponto quatro.

Celta, cê sabe, tá sempre na mão.

Pica-pau.

Fala.

Lembra o dia que eu bati com o Militrica?

Destruiu a frente toda.

A gente tava doidaço, não tava.

Você era o melhor motorista de racha de toda a quebrada.

Por isso a galera me respeitava?

Não sei direito. Não sei, mesmo.

Machadinho o encara pelo retrovisor.

Você é firmeza, Pica-pau diz, é de honrar palavra, mas sempre desprezou o jeito da rapaziada aqui da área.

Nunca desprezei ninguém. Sou da área, sempre vou ser, Machadinho diz.

Desculpa, meu, tô falando merda, falando demais. Na real, não sei mais nada. Tô ficando lerdo, ficando pra trás. Até entrei na mira dum abobado que chegou ontem no pedaço e tá espalhando que vai estourar a minha cabeça assim que eu cruzar a frente dele. E tem o meu irmãozinho aí, você tá vendo, todo, a voz sai embargada, todo leso das ideia, não melhora. As coisas tão cada vez mais sinistras aqui no bairro. Você sacou, não sacou? A gente tá perdendo espaço pra esses caras da milícia.

É, esse negócio de milícia parecia que não ia rolar aqui.

Mas tá rolando. E tá ficando foda.

Machadinho pega a garrafa de refrigerante do chão, abre, dá um gole. Droga, esse refri tá quente demais. Tá faltando um frigobar nessa sua nave, Pica-pau, e passa para o amigo. Toma um gole aí. Depois oferece para o menino. Toma aí, Ricardinho, aproveita que ainda não perdeu o gás.

Pica-pau vira à esquerda, pega a rua que leva à avenida, engata a terceira, abaixa um vidro por vez, engata a quarta, acelera. O menino bebe o refrigerante e se baba. O carro entra na avenida, o capeamento de asfalto é novo. Não há semáforos à frente. Engata uma segunda e depois volta para a terceira, engata a quarta e, desconsiderando por completo a existência da quinta marcha, acelera. Acelera de verdade.

O maître se posta ao lado da mesa, sob sua vigilância o garçom serve os pratos principais.

Gostaria de dizer que o senhor fez uma ótima escolha, esse contrafilé com batata rústica e aspargos é o prato mais apreciado da casa, tenho certeza de que estará do seu agrado. A propósito. Desejam outra garrafa de vinho?

Pode ser, Fausto diz.

E duas Perrier?

Pode ser.

Assim que o maître e o garçom se retiram, Ângela desencosta da cadeira e retoma o que estava dizendo. Amanhã, antes da gente ir pra tal joalheria, vou dar uma passada num cabeleireiro conhecido meu. O salão é aqui perto, fica ali na Esperidião. Vou colocar uns apliques dreadlocks loiros nesse meu cabelinho. Não tô suportando mais a peruca e tô me ligando que não suporto lenço no cabelo também.

Aí que tá.

Puta, cara, Ângela exclama sem lhe dar atenção, que delícia de comida.

O garçom se aproxima com as bebidas, serve.

Tem um detalhe sério que eu não contei.

Se esse detalhe vai estragar o meu apetite, fala depois.

Você vai ter que raspar o cabelo.

O quê? E um micropedaço se projeta da sua boca direto no prato dele.

E as sobrancelhas.

Ela dá um gole no vinho que acabou de ser servido, se controlando para não fazer escândalo.

Vamos inventar que você tá fazendo tratamento pra leucemia. E, além da confiança, vamos ter a compaixão deles.

Você é um psicopata mesmo. Não tá satisfeito com a amiga doentona lá. Vai querer me colocar nessa de pé na cova também. Escuta aqui, não vou entrar nessa daí não.

Imagino que seja uma coisa difícil de aceitar com tranquilidade pra alguém com a sua beleza.

Cara, eu até podia, se vale mesmo o lance, se é necessário, quero dizer. Até rasparia. Mas as sobrancelhas não. Quer que eu fique parecendo um monstro, é?

Você nunca vai ficar parecendo um monstro. Você é bonita, você sabe disso.

Ah, cara, não sei.

Só vamos ter uma chance. Ou os caras se abrem na completa boa-fé pra nós amanhã, e na segunda-feira eu entro lá com o Machadinho e faço o serviço, ou não tem jeito. A gente desiste de tudo agora e ponto final.

Tá começando a sair caro esse asilo e essas roupas que você me deu.

Topa?

Que alternativa eu tenho?

Os dois são os únicos clientes no restaurante, e a segunda garrafa terminou mais rápido do que a primeira. Ângela pede três sobremesas diferentes. Eles se divertem discutindo qual das três deve ser comida em primeiro lugar. Fausto acena ao garçom, pede outra garrafa de vinho e prossegue.

É melhor começar pelo petit gâteau porque parece que esse sorvete tá derretendo rápido, ele diz.

É. Mas qual vai ser a segunda?

O vacherin de morango.

Isso. E o quindão fica por último. Ela puxa o prato do petit gâteau para perto, mas não toca na sobremesa.

O que houve?

Acho que não vou conseguir comer, acho que não cabe mais nada na minha barriga.

Tá bom, não tem problema. Posso pedir pra levar.

Obrigada. Acho melhor não.

Está na hora da gente ir embora então, Fausto acena para o garçom, pede a conta.

Posso te pedir uma coisa?

Pode.

Se vai raspar o meu cabelo e a minha sobrancelha faz agora enquanto eu tô bêbada, e põe os braços cruzados sobre o tampo da mesa, encosta a cabeça. Não sou vaidosa, mas.

Sobrancelhas crescem rápido, ele diz.

Não crescem não.

O garçom se aproxima e começa a recolher os pratos, informa que já trará a conta. Ângela permanece com a cabeça inclinada sobre o tampo da mesa, diz que não aprende. Fausto pergunta o que ela não aprende. E ela diz que sempre acaba cedendo, que, por mais que tente bancar a durona, sempre acaba cedendo.

Entram no apartamento. Ângela vai para a cozinha, puxa uma cadeira e senta.

Espero que tenha lâmina nova naquele seu aparelho de barbear.

Tem uma cartela inteira de lâminas novas na gaveta da pia. Você não viu? Ele responde da sala enquanto se serve de uísque.

Eu já saquei que o seu show não pode parar, mas acho bom você se apressar. Se ficar enrolando vou acabar mudando de ideia.

Vou tomar pelo menos uma dose de uísque.

Também quero.

Não vai ser bom pra você misturar.

Eu quero.

Fausto serve o segundo copo, vai até a cozinha, deixa os copos sobre o tampo da mesa.

Quer gelo?

Vai gelo no seu?

Não.

Então não vai no meu também.

Fausto abre a gaveta dos talheres, tira uma tesoura, depois vai até o quarto, pega o aparelho, coloca a lâmina nova, pega uma toalha de banho e uma de rosto e também a espuma de barbear. Quando volta, encontra Ângela sem o vestido, só de calcinha.

Não vou estragar o vestido, ela se justifica.

Ele entrega a toalha para ela. Não vai querer tocos de fios de cabelo aos montes te pinicando a pele.

Ângela passa a toalha ao redor do pescoço, cobre o corpo inteiro.

Essa toalha é tão grande que parece um lençol.

O nome disso é toalha de verdade.

Você ainda não disse quanto eu vou levar no serviço.

Um quarto do que conseguirmos.

Quero um terço.

Fausto não responde, pega a tesoura e se aproxima. Agora fica quieta pra eu não te espetar com a ponta da tesoura. Corta o mais rente possível. Espana os fios que ficaram presos à cabeça, depois cobre o couro cabeludo de espuma e, tomando o máximo de cuidado, passa o aparelho de barbear na cabeça e nas sobrancelhas.

Tenho certeza que eu tô parecendo uma demônia, ela resmunga.

Pronto, terminei. Pega a toalha média. Agora é a parte boa, abre o registro da água quente da torneira da pia, aguarda amornar, umedece o tecido, torce. Fecha os olhos, Ângela.

Ela obedece. Sente no alto da testa o calor na pele, o peso das felpas encharcadas lhe cobrindo as laterais do rosto e se acomodando no alto da cabeça. Fausto ajeita a toalha à maneira de turbante.

Ângela abre os olhos. Tô com medo de me olhar no espelho, pega o copo de uísque de cima da mesa, dá uns goles, coloca de volta. Percebe a ereção dele.

Flagrado, Fausto se vira e fica de costas para ela. Levanta, vai tomar um banho. Vou varrer o chão e arrumar o resto.

Ângela o puxa pelo bolso da calça. Despe-se das toalhas, deixa-as sobre a mesa, pega seu copo de uísque, termina. Pega a mão direita dele e traz para junto do seu rosto. Só um carinho, ela diz.

Você bebeu.

Tô consciente do que eu tô fazendo. É só um carinho, diz e tenta desafivelar o cinto dele.

Para com isso, você tá bêbada, menina.

Tô bêbada e tudo bem pra raspar o meu cabelo e me deixar uma monstra, mas pra fazer um carinho, e tenta de novo desafivelar o cinto.

Essa não é uma boa ideia.

Deixa eu bater uma pra você.

Fausto se afasta.

Você goza nos meus peitos, daí eu vou tomar o meu banho, e fica tudo bem.

Você que acha que tudo vai ficar bem. Mas posso garantir: não vai.

É porque eu tô uma monstra, não é?

Não fala bobagem.

Eu sei que tô uma monstra.

Você está mais linda que nunca.

Ângela se cobre com a toalha de banho. Então vem ficar comigo no quarto um pouco. Fica do meu lado. A gente não faz nada.

Vai você. Toma o seu banho.

Depois você leva as compras?

Levo.

Não quer se olhar no espelho? Eu queria ver a sua reação, e aponta um dos espelhos da sala.

Não preciso me olhar no espelho. Tô linda, você falou, pega o vestido e vai para o quarto.

Fausto termina a bebida. Começa a recolher os fios de cabelo que ficaram pelo chão, mas desiste. Está forte a vontade de continuar a beber, mas não o uísque do apartamento de Lucimar. Resolve sair atrás de algum boteco no Centro que esteja vazio e que não tenha barulho de televisão, depois decidirá o que fazer.

Balançando a cabeça ao ritmo da música eletrônica, Júlio Vampeta estica a segunda carreira de cocaína sobre o tampo da mesa. Com a nota de cinquenta já enrolada na mão, Machadinho não espera ele dizer que pode se servir, aspira o pó sem dizer nada.

Tu é mesmo furioso, hein, sarará, Júlio diz enquanto observa Machadinho.

Se você diz, Machadinho fala enquanto esfrega o nariz e aspira com força o ar.

Vou conseguir esse carro pra você. Mas você vai ter que me tirar uma dúvida aí.

Qual?

Tá vendo aquele anjo dançando ali, toda tristinha? Júlio aponta a menina anoréxica de peitos grandes, dançando no queijinho perto do bar. É das minhas. Vou chamar ela aqui, e você vai dar um trato nela. Vai levar ela pro quarto, vai dar no couro. Depois vou perguntar pra ela se foi satisfatório, se foi do jeito que ela merece. E vou avisando que não aceito desfeita. Se recusar a minha gentileza, vai ficar muito caro pra ti toda essa parada. E faz sinal para a mulher se aproximar.

Ela vem até a mesa, sorri. Machadinho repara nas olheiras escuras e, quando ela se apoia na mesa, vê as cicatrizes ainda inchadas nos pulsos.

Anjo, o meu amigo aqui ficou amarradão em ti, por isso vou pagar o programa dele. Tá valendo, sarará? Depois quero saber como o moço te tratou, Anjinho.

Machadinho não responde, apenas levanta, pega a menina pelo braço e sai na direção dos quartos.

Obrigada por me escolher, faz quatro dias que eu não fico com nenhum cliente, ela diz enquanto caminham para os fundos do puteiro.

Qual o seu nome?

Anjo, Anjinho, tanto faz.

Nome de verdade.

Cláudia. E o seu?

Prefiro não dizer.

Como achar melhor.

Qual o esquema dos quartos?

Nesse horário tão todos vazios. Não tem controle. Vamos subir as escadas, que os de cima são melhores.

No andar de cima há um balcão vazio e atrás um quadro com chaves penduradas. Anjinho se adianta e, sem largar a mão de Machadinho, pega a chave do duzentos e seis.

Entram no quarto. Ela desata a parte superior do biquíni.

E aí, amor, o que você vai querer? Faço tudo que você quiser. Chupeta. Anal.

Ele tira a carteira do bolso, pega cinco notas de vinte, entrega nas mãos dela.

Toma. Um extra pra você. Preciso de um banho bem quente, e vai para o banheiro.

E eu?

Você deita aí e descansa.

Machadinho se demora no banho. Quando sai, encontra a menina estendida de bruços na cama.

Cláudia, ele diz.

Ela se vira. Tem lágrimas no rosto.

Tá tudo bem?

Você tem cocaína aí, amor?

Não.

Ela enfia o rosto no travesseiro.

Mas você pode comprar com esse dinheiro que eu te dei.

Vem me dar um beijo, vem.

Machadinho caminha até a cama, senta do lado dela.

Você tá cansada, não tá?

Não se preocupa. Vem.

Ele beija a boca dela, um beijo rápido.

Ela tenta fazer um carinho na perna dele, mas ele não aceita. Ela rola na cama, sai pelo outro lado. Veste o biquíni.

Vamos, amor.

Descem as escadas. Júlio está no mesmo lugar, abraçado a uma loira de olhos esbugalhados.

Daí, Machado, o rei do Leopoldina?

Daí, Vampiro.

Vampeta.

Beleza, Vampeta.

O que me diz? Anjinho é o céu, não é?

Aproveitei cada centavo dos cento e cinquenta que você tá devendo pra Anjinho, e olha para ela, que ainda está segurando na sua mão. Anjinho é maravilhosa, é o céu.

Qual foi o quarto que vocês usaram?

O duzentos e seis, Anjinho responde.

Aloísio, vem cá, Júlio chama o único garçom que está atendendo.

O garçom se aproxima.

Sobe lá no duzentos e seis e me traz a camisinha que o moço e a moça aqui usaram.

O garçom faz uma cara de você não é o meu patrão.

Vai lá, Aloísio. Usa o papel higiênico. Depois te dou uma gorjeta daquelas boa.

Não tem camisinha, Anjinho responde.

Como assim?

Eu chupei ele e engoli a porra. E isso vai te custar mais cinquenta, bonitão.

Machadinho beija a testa de Anjinho, depois estende a mão para Júlio. Espero o carro pra domingo à noite, e não esquece de pagar a menina. Caminha em direção à saída imaginando que se pudesse voltaria no dia seguinte e tocaria fogo no Júlio, tocaria fogo naquele puteiro, naquela quadra, naquele bairro inteiro.

Seis

Fausto se vira de lado e, tentando não acordar Ângela, projeta os pés para fora da cama. Abre a porta do quarto (o escuro do quarto se funde ao do corredor), caminha pelo corredor, passa pela sala sem acender as luzes, chega à cozinha. Enche uma caneca com água da torneira, bebe. Ao passar novamente pela sala, é surpreendido.

Não tinha certeza se você estava naquele quarto. Ela eu sabia. Com todo esse cabelo espalhado pelo chão da cozinha e essas roupas aí na mesa. Mas quanto a você. O timbre anestesiado da voz de Lucimar percorre a sala.

Fausto acende a luz do abajur mais próximo. Lucimar está sentada num dos sofás.

Oi, Lucimar.

O que houve, Fausto?

Desculpa a bagunça, eu. Eu cortei o cabelo dela e.

Beberam, se divertiram, treparam.

Não. Cortei o cabelo e daí ela foi dormir. E eu fui beber alguma coisa na rua. Voltei, deitei do lado dela na cama.

De roupa.

Com esta roupa.

Caro amigo, caro amigo. O que você está fazendo?

Fausto não diz nada.

Mas se tivessem trepado você teria gostado, Lucimar retoma.

Não sei.

Ela te excita.

Lucimar, pelo amor de.

Os abismos do desejo.

Não começa com o jogo.

Jogo? Quem está jogando é você, meu amigo.

Tudo bem, entendi. Assim que ela acordar, levo ela pro meu apartamento, e ninguém te incomoda mais.

Não. Ela fica. Quero ver o que é que essa moleca tem para ter te deixado desse jeito. Você sabe que está apaixonado, não sabe?

De onde você tirou essa ideia?

Eu conheço você. Mais do que você se conhece.

Você tem ficado tempo demais trancada nesse apartamento.

Esse apartamento. Tenho pensado em vender esse apartamento, comprar um menor, pegar o resto do dinheiro e viajar.

Você não pode viajar.

Você viria comigo?

Você não pode viajar.

Posso sim.

A doença.

Sim, a doença. Por causa da doença, eu posso fazer o que quiser.

Fausto senta no sofá ao lado dela. Você também é cruel, diz e a abraça.

Há quantos meses não sinto o calor do sol na pele, Fausto.

Isso vai passar.

Não vai. O médico disse que as complicações vão se agravar. Estou cada vez pior.

Estou aqui, Lucimar. E sempre vou estar.

Por obrigação.

Não fala isso.

Eu queria que não existisse obrigação.

Você pode contar comigo. E não tem nada a ver com obrigação.

Não quero a sua generosidade. Guarde a sua generosidade para as novinhas.

Escuta, Lucimar, e recolhe o braço. Não é porque você aceitou hospedar a garota que está autorizada a me passar o sermão.

Sermão? Se eu quisesse passar o sermão começaria por essas flores mortas detestáveis que você abandonou aí na sacada. Você disse que ia desenhá-las, mas não desenhou. Já se passaram meses e elas continuam aí, Fausto. Não sei como a Eduarda ainda não jogou todas elas fora.

Não dá pra entender você. Primeiro, ficou insistindo pra eu retomar os desenhos. Daí, quando eu finalmente tenho uma ideia e coloco ela em prática, você resolve me pressionar.

Pressionar, seu cretino? Se existe alguém nessa vida que não te pressiona sou eu. Eu que sou a única pessoa que poderia te pressionar. Você sabe disso.

Duas semanas.

Duas semanas o quê?

Me dá duas semanas. E se eu não começar os desenhos você joga os vasos no lixo.

É lindo ver, testemunhar, a capacidade que você tem de mentir para si mesmo.

Ficam em silêncio. Na cabeça de Fausto, imagens do que poderá ocorrer na joalheria se embaralham com as do sonho que teve há pouco, o sonho em que ele caminhava de cabeça baixa por um saguão imenso, com piso igual ao do saguão do edifício de Lucimar, só que muito mais lustroso, lustroso a ponto de refletir as imagens do seu pensamento, do pensamento dentro do sonho, enquanto arrastava um boneco de ventríloquo quase da sua altura e enxergava no piso o reflexo ampliado do próprio rosto e também, no boneco, o de Ângela movendo a boca de madeira, sem voz, sem vida.

Você sabe o tamanho da besteira que está fazendo, não sabe?

Fausto termina o uísque, não responde.

Diga a ela para não bagunçar a sala, Lucimar reitera. Ela pode fazer o quiser lá no seu quarto, mas aqui na sala não.

Pode deixar. Não vai ter nada fora do lugar, diz e levanta do sofá. Vou recolher os fios de cabelo do chão e levar essas sacolas de roupa pro quarto.

Não precisa se preocupar com a cozinha, a Eduarda limpa quando chegar. Ela precisa se ocupar, está ociosa.

Ele balança a cabeça concordando. Está amanhecendo, você viu?

Nem me dei conta.

Você não vai trocar essa cortina? Por umas cortinas blecaute.

Não, não vou. Não conheço nada mais deprimente do que cortina blecaute.

Poderia usar a sala durante o dia.

Nós já falamos sobre isso.

É que eu não vejo sentido em você passar dias inteiros confinada nos quartos.

Pois então saiba que os melhores momentos da minha infância foram nesta sala. Meu pai nunca deixou colocarem cortinas grossas que impedissem a luz de entrar. Não vai ser por causa dessa doença besta que eu vou trocá-las, Lucimar diz determinada, enquanto pensa na vez em que o pai entrou na sala e logo atrás entraram dois carregadores trazendo uma caixa enorme, o pai lhes indicou onde colocá-la e se voltou para a filha dizendo que era uma eletrola, e ela deixou as bonecas e se aproximou da caixa que estava sendo aberta pelos entregadores, gostou da madeira escura, dos botões brancos, do mostrador de sintonia das estações em composição de preto e âmbar amarelado, dos puxadores dourados, e, entretida que estava, não percebeu quando os carregadores se retiraram, o pai conectou o aparelho à tomada de luz, tirou um disquinho da valise de couro e pôs para tocar as marchinhas infantis, a sala foi só deles, as músicas se repetiram por toda a manhã.

Fausto põe as roupas dentro das sacolas, caminha até ela, beija-a na testa. Preciso dormir mais um pouco.

Você ainda não me contou sobre o grande golpe, ela diz. Sua voz sai triste.

Temos tempo pra isso.

Ela o segura pelo braço. Não se torne um babaca a essa altura da vida, meu amigo.

Preciso dormir, e lhe vira as costas em direção aos quartos.

Fausto.

O quê?

Como é difícil, não é?

Ele não responde, sai.

O azulado claro vai tomando as vidraças, as cortinas (mal-ajeitadas desde sempre) estão mais frágeis do que nunca. A sala não dá mais nada a Lucimar, daqui a pouco será um deserto de luz. Mesmo assim ela se demora, remoendo-se, arrasada pela sensação de que, ao menos dessa vez, a conversa entre eles, depois de meses, poderia ter chegado a algum lugar, mas não chegou.

nuns lugares
muito afudê
noutros
muito advogado

Enquanto urina, sua bexiga estava estourando, Machadinho lê e relê a pichação da parede. Não entraria no campus da Universidade Federal para urinar se o Berardi estivesse no seu apartamento como combinaram e ele próprio não tivesse tomado um copo de setecentos e cinquenta mililitros de caldo de cana no mercado público meia hora atrás. Fecha o zíper, lava as mãos, sai do banheiro. Zanza pelos pátios, pelos corredores, passa pelo bar que fica entre o prédio da Filosofia e o da Arquitetura, espia: o balcão e as mesas estão apinhados de jovens brancos com roupas novas. Quase todos sorridentes, robustos, donos de um ar confiante que apavora Machadinho e lhe dá a certeza de que ali, entre eles, jamais ele estará.

O boné está pequeno na cabeça de Ângela, ela caminha rápido, Fausto está se esforçando para andar a seu lado.

Juro que nunca mais toco num cálice de vinho, ela reclama. Com uísque.

Se você quer saber. Tô indignada é com, e para na frente da vitrine da loja de lingerie a menos de cem metros da joalheria, olha o próprio reflexo. Merda. Vê se não é verdade, e tira o boné da cabeça. Tô parecendo um monstro, e olha para Fausto. Cara, esse plano maluco que você inventou tem que funcionar porque eu já tô ficando de saco cheio de tudo isso. Olha esse bigode nada a ver que você tá usando.

Põe esse boné, não é hora de chilique, ajeita o bigode postiço, pega ela pelo braço. Você precisa ganhar o máximo de tempo e tem que parecer abalada. Se perguntarem se está tudo bem, fala que só tá um pouco enjoada, que é por causa da quimioterapia.

Ela põe o boné, caminham até a frente da joalheria. Há duas atendentes. A mais velha os vê parados diante da porta de vidro e, de trás do balcão do caixa, destrava a porta. Fausto se surpreende com o dispositivo, não lembra do seu conhecido ter mencionado aquele sistema de travas. Entram. A atendente mais nova se aproxima toda gentil.

Posso ajudá-los?

A minha filha gostaria de ver uns anéis.

Pois não, sentem aqui, por favor, e indica o par de cadeiras diante de um dos balcões mostradores.

Ficarei de pé, obrigado, Fausto agradece.

Esteja à vontade.

Ângela senta. No mostrador à sua frente estão expostos colares, gargantilhas, cordões, pingentes.

Aceitam um cafezinho?

Não, obrigado, estou bem, ele responde.

E a jovem?

O médico me proibiu de tomar café enquanto eu não terminar a quimioterapia, Ângela diz sem tirar os olhos dos cordões e gargantilhas.

São maravilhosos, não são?, a atendente se adianta.

São mesmo, Ângela diz sem se dar conta de que está deslumbrada demais para alguém que está doente. Posso ver aquele cordão que está na ponta?

Claro. Depois eu lhe mostro os anéis, a atendente tira o cordão entrelaçado de ouro e platina do mostrador, contorna o móvel, prende-o ao pescoço de Ângela. O mesmo artista que desenhou esse cordão desenhou também um pingente para usar com ele. A senhorita gostaria de vê-lo?

Quero sim.

A atendente vai até o cofre e, em menos de dois minutos, volta com o porta-joias. Abre, põe o pingente no cordão. Posso colocar no pescoço da senhorita?

Eu mesma ponho, Ângela diz e pega o cordão das mãos da atendente. São bárbaros. Quanto é?

O cordão e o pingente?

É.

Deixe-me ver.

Ângela coloca e se volta para Fausto, que circula pela loja sem cerimônia. Papai, acho que já escolhi o presente.

Ficam por quatro mil e duzentos reais, a atendente informa.

Fausto se aproxima de Ângela e, tentando não perder a paciência, senta na cadeira ao lado. Olívia, minha filha, nós combinamos que este ano você ganharia um anel.

Mas eu estou cheia de anéis, papai. E, além do mais, preciso de uma joia pra usar na minha festa de formatura na faculdade. Se tudo der certo, claro, diz e faz o sinal da cruz.

Filha, você já tem colares lindos.

Mas eu preciso de um colar como este, que chame mais atenção que essa minha careca de garota leucêmica.

Fausto olha para a atendente, que não esconde o quanto ficou impactada com a informação.

Olívia, nós combinamos que seriam anéis. Por favor, moça, traga uns anéis pra minha filha dar uma olhada, diz.

Não, papai, por tudo o que estou sofrendo, acho que tenho o direito de escolher. Quero este colar e o pingente. Estou mais do que decidida.

A atendente mais velha sai de trás do balcão do caixa e se aproxima de Ângela. Se me permite dizer, senhor, este cordão ficou magnífico na sua filha. E esse pingente é o que há de mais refinado no mercado hoje. A sua filha tem ótima intuição para joias, diz.

Fausto encara Ângela com ódio no olhar, ela revida com um abraço efusivo.

Papai, o senhor sabe que estou num momento difícil, e, demonstrando controle completo da situação, se volta para a atendente. Preciso que você diminua o cordão. Uns cinco centímetros.

Com todo o respeito, preciso dizer que seria um crime mexer neste cordão, ele está perfeito na senhorita, diz a jovem atendente.

Ângela põe a mão para trás do pescoço, reduz o cordão. Pensando bem, vou querer que você encurte dez centímetros, e se encara no espelho. Quero ele mais rente do pescoço.

Claro, a senhorita tem toda a razão, a atendente se controla. Ficará muito bem desse jeito também.

Quero pra segunda de manhã.

Desligar esses entrelaçados não é um trabalho muito fácil, mas tenho certeza de que posso lhe entregar até antes. Que tal sábado de manhã? Ficamos abertos até meio-dia.

Não. Prefiro pegar na segunda, bem cedo.

Ótimo, para segunda-feira, então. A senhorita gostaria de levar o pingente hoje ou aguardará o ajuste do cordão?

Pegaremos na segunda, Fausto se adianta.

Qual será a forma de pagamento?

Posso dar um sinal e pagar o resto na segunda?

De quanto seria o sinal?

Mil reais, Fausto diz.

No cartão de débito?

Não, em dinheiro mesmo.

Só um instante, por favor. A atendente levanta, vai até o caixa falar com sua colega.

Fausto se aproxima de Ângela. Você.

Calma. Eu já vou pedir pra olhar os anéis.

Não tem mais anel.

Ela segura as mãos dele. Então, olha para cima e torce a boca querendo ser engraçada, vamos escolher um broche pra mamãe?

A vendedora volta sorridente.

Podemos aceitar o sinal e o restante o senhor paga na segunda-feira.

Vamos levar, ele diz.

Que horas vocês abrem na segunda?, Ângela pergunta.

Nove horas.

Perfeito, Fausto diz e se levanta, vai em direção ao caixa. Ângela, já de pé, caminha pela joalheria forçando uma dificuldade para se movimentar que é excessiva e destoa da disposição apresentada há poucos minutos.

Você me consegue um pouco d'água, Ângela diz à atendente. Não estou me sentindo muito bem.

Busco sim. A senhorita não gostaria de esperar sentada?

Obrigada, mas vou ficar de pé, e se apoia num dos balcões. É a quimioterapia. A quimioterapia está acabando comigo, diz exagerando.

A vendedora não chega a trazer a água, Fausto, que já deu o sinal e pegou o recibo, vai na direção de Ângela.

Vamos embora, minha filha. Você está começando a enjoar. Você sabe que beber água sem tomar seu remédio do enjoo não vai te fazer bem. Vamos pra casa.

Ângela acena para a que está no caixa.

Obrigada pelo atendimento de primeira de vocês. O meu pai tem razão, vou deixar pra tomar água em casa.

Agradecem e saem da loja.

A poucos metros da joalheria, começam a discutir.

Que palhaçada foi aquela que você armou lá dentro? Eu disse que ia precisar de tempo. Será que falei grego?

Não faz drama, no fim deu tudo certo.

Deu certo na sua cabeça. Eu mandei você ficar escolhendo o diabo do anel.

Ângela para de caminhar. Fausto para alguns passos adiante, volta-se para ela. Ângela estende as mãos, os dedos estão esticados e bem abertos.

Você tá vendo algum anel nos meus dedos? Pois é, eu não uso anel, ainda mais esses de joalheria, que lembram aliança. Aliança é noivado, é casamento, é esse monte de merda de união pra sempre. E eu odeio a ideia de união pra sempre, odeio a ideia de ter um imprestável colado em mim, achando que é o meu dono, cagando regra, dizendo o que eu tenho ou não tenho que fazer. Sacou, chefinho?, diz e atravessa a avenida, percorre vários metros sem olhar para trás. E, bem adiante, quando se volta, para saber se ele a seguiu ou se ficou no mesmo lugar, não o encontra.

O porteiro está parado em frente ao prédio, os dois portões estão escorados para trás e o saguão de entrada quase escuro, iluminado apenas pela luz dispersa do início da noite.

Estamos sem energia elétrica há mais de uma hora, parece que o problema é só nesse trecho da avenida, o porteiro diz para Fausto.

Desde que horas você está aqui?

Desde as duas da tarde.

Por acaso viu se aquela jovem alta que chegou comigo ontem entrou no prédio?

No meu turno não.

Tem certeza?

No meu turno, toda certeza.

Fausto entra no prédio, aproxima-se da escada.

Vai encarar?, o porteiro pergunta de longe.

Vou.

Sobe até o quinto andar, para, retoma o fôlego, depois prossegue, sem mais paradas, até o décimo segundo andar. Abre a porta do apartamento, vai à cozinha, pega uma cerveja, bebe numa sentada. Circula pela sala procurando por algo que confirme a presença de Ângela. Abre a porta do corredor dos quartos, a luminosidade que se projeta da sala preenche o espaço de um modo rarefeito até a porta entreaberta do seu quarto. Passa a cabeça pela fresta: há uma pessoa na sua cama. Ele aguarda até que o olhar se acostume, está pronto para dizer o nome de Ângela, e então percebe que, vestida com as mesmas roupas de quando a encontrou no final desta madrugada, é Lucimar quem está dormindo ali.

Chamada a cobrar, para aceitar continue na linha após a identificação.

Pronto.

Beatriz?

Você é mesmo uma descarada, Ângela.

Não desliga, por favor.

Beatriz suspira irritada. Você tem um minuto pra falar o que tiver que falar, e começa duma vez que o tempo tá correndo.

Me empresta mil, preciso ir embora dessa cidade, preciso fazer isso ainda hoje. Eu vou aí. Faço o que você quiser.

Pode esquecer. Não caio mais nessa sua conversa.

Ângela não responde.

Escuta o que eu vou te dizer. Quando a polícia entrou no teu apartamento, acharam o seu celular e uma agenda de endereços. E parece que o meu nome era o mais em destaque. Cada pessoa que você conheceu por minha causa, anotou o nome marcando do lado que era amigo da Beatriz. Não precisa perguntar como eu sei disso. É simples, a polícia civil veio aqui em casa, sorte que eram conhecidos daquele meu primo inspetor. Eu disse que você escapou pelo portão da garagem, que nem chegou perto de tocar no meu interfone, na minha campainha, e ainda assim tive que molhar a mão dos dois pra me devolverem a agenda. Dois mil na bucha, mil pra cada um. Sabe o que isso quer dizer?

Não.

Quer dizer que você me deve dois mil.

Me ajuda. Faço o que você quiser.

O mais estranho, Ângela, é que, apesar de tudo, não tô zangada com você. E sabe por quê?

Imagino.

Sim. Porque eu sei que tem uma pá de gente aí querendo te apagar, e isso é uma coisa que me deixa muito, muito, muito feliz, você não tem ideia. Agora você. Alô. Tá ouvindo? Alô.

A energia não se restabeleceu por completo, a luminosidade insuficiente das lâmpadas produz uma sensação de fadiga aconchegante em Lucimar, e ela gosta.

Aquele Diego era uma figura mesmo, Fausto termina de falar e se levanta para encher o copo com mais uísque.

Durante essa quase uma hora, Lucimar apenas o escutou. Imagina o quanto ele está triste e inseguro para estar falando daquele jeito quase eufórico por tanto tempo (sabe que dali a pouco ele dirá coisas mais sérias e possivelmente se revoltará contra ela), sem ligar, ou sem se dar conta, de que já está enrolando a língua. Por isso, quando ele volta a sentar, ela diz sem brandura.

Cadê a sua amiguinha, Fausto? Essa sua disposição pra conversa é pra matar tempo, não é? Você está esperando a menina, não está, Fausto? Se eu fosse você, terminava esse uísque e ia embora. Sabe que, se ela chegar, você não estará apresentável. Mesmo nessa luz fraca, dá pra ver que você andou chorando. Há quanto tempo você não chorava por uma mulher, Fausto?

Desisto, Lucimar, Fausto diz, põe o copo no chão, levanta, pega o casaco, as chaves sobre a mesa.

Há quanto tempo você não chora por nós?, ela ainda consegue dizer, antes de ele bater a porta. Seu miserável.

Enquanto desce as escadas, Fausto promete a si mesmo que, até o dia do assalto, não beberá.

Não insista. Você não vai entrar.

Cara, é só chamar o Cris.

Você sabe que dia da semana é hoje, mocinha?

Quarta.

Pois é. Quarta-feira, aqui no bar, é só pra convidados.

Mas eu já te falei que eu sou a Ângela, amiga do Cris.

Sinto muito, o segurança diz e fecha de vez a porta de ferro.

Ela recua, senta nos degraus ao lado da entrada do bar. Passam-se alguns minutos, a porta de ferro se abre. O segurança sai, caminha até a calçada, olha para um lado, para o outro.

Procurando por mim?

Ele se vira. Falei com o Cris, você tá liberada. Ele tá lá em cima no escritório.

Te devo essa, leão de chácara.

Ela entra no bar, vai direto ao escritório.

Daí, Ângela? O sujeito magro está sentado diante de uma escrivaninha, de costas para a porta, numerando um maço de comandas.

Oi, Cris.

O Adão veio aqui mais cedo e perguntou por você.

O que ele queria?

Não tenho a menor ideia, mas estava bastante irritado, diz e prende as comandas com um atilho e se vira para ela. Mas o que é isso? O que você fez com o seu cabelo? Com as sobrancelhas?

Cris, tô precisando de ajuda.

Ângela, você tá parecendo.

Um monstro.

Sem tirar nem pôr.

Cris, preciso de um lugar pra dormir.

Deu azar, Susie Doll, tô economizando pra viajar pro Equador. Mais uma vez o panaca aqui vai atrás do Gabriel e pra economizar voltei pro museu de cera dos horrores: a casa dos meus pais. Lá não tem lugar pra você.

Então deixa eu ficar aqui, eu posso dormir nesse sofá.

Aqui?

Deixa, Cris, eu tô exausta. Já nem me aguento de pé.

Que horas são?

Dez e pouco, ela diz.

É o seguinte, Ângela, as festas dessa agência de propaganda são todas iguais. Cheiração, mão na bunda, mão no pau, gritaria, pessoal empolgado mesmo, mas nunca se estendem além das três da manhã. Por isso, vou fazer o seguinte, vou apagar a luz e fechar a porta, você se atira aí no sofá e já garante umas quatro horas e meia de sono. É melhor que nada.

Não dá pra eu ficar aqui até as faxineiras chegarem de manhã?

As faxineiras só chegam às duas da tarde.

Duas da tarde é ideal.

Nã, nã. O Felipe me mata se souber que eu fechei o bar e deixei alguém aqui dentro. Me demite na hora. Vamos combinar assim, Susie Doll, a festinha dos PP acaba, eu subo e te acordo. Se você não tem pra onde ir, posso te deixar na loja de conveniência dum posto de gasolina que tem aqui perto ou na rodoviária, você vê o que é melhor.

Te agradeço, cara.

Só vou procurar a Mônica pra deixar ela aqui dentro com você senão as pulgas vão te comer viva.

Aquela gata suja?

Não discute comigo. É melhor a gata suja que dezenas de pulgas sem ter onde brincar. Dormi bêbado aqui noite dessas, deixei a Mônica de fora, sei muito bem o que tô dizendo. Ele apaga a luz.

Cris.

O que é?

Você tem um cigarro aí?

Você sabe que não. Antes de ela dizer qualquer coisa, ele fecha a porta.

Ela se ajeita no sofá. Poucos minutos depois, a porta se abre, a gata é jogada para dentro da peça. Ângela escuta seu ronronar, sente o peso das patas sobre suas coxas. Mônica, deixa a tia dormir. O bichano para de se mexer, aloja-se na altura da sua barriga, ela pensa em alisar o pelo da gata, mas começaria a espirrar e não pararia mais, por isso se aquieta, entretida com o refrão da música eletrônica que está tocando no salão abaixo até as batidas esmaecerem e se transformarem em nada.

Sete

A tensão aplicada nos dedos da mão direita para continuar segurando o pedaço de tijolo maciço impede que as pálpebras de Ângela se fechem por completo e que ela seja tomada pela escuridão, tempo à parte, estagnado pela luminosidade cardíaca dos faróis dos automóveis que passam à sua frente na Avenida Independência, como se ela rodasse na exaustão do centro de um carrossel corrompido pela monotonia do circular, lembrando-a de que estar ali na calçada não é sonho. Sua roupa não segura o calor do corpo, suas costelas doem contra as barras verticais do portão. E ela sabe que o pedaço de tijolo não terá serventia se dois ou três malandros passarem muito loucos de cola ou crack e implicarem com ela.

Você não pode ficar aí, jovenzinha, diz o porteiro do edifício de Lucimar batendo no ombro de Ângela.

Ângela abre os olhos, desencosta-se das grades. Eu sei, ela responde.

Sai daí. Sai antes que algum. Espera, você não é a moça que está hospedada no apartamento da dona Lucimar?

Sou.

O que houve com as suas sobrancelhas?

Raspei.

Entendo.

Você tem um cigarro aí?

Não. Cigarro faz mal.

Sei.

Por que você não sobe?

Estou sem as chaves.

Vamos lá, aposto que a dona Lucimar está acordada, diz e abre a grade. Não custa conferir, e se adianta até a porta do prédio, abrindo-a para Ângela passar. Vou interfonar pra ela, diz. Aproxima-se da mesa da portaria, inclina-se sobre as chaves do aparelho-interfone, tira o telefone do gancho, aciona a chave do apartamento mil duzentos e um. Aguarda. Dona Lucimar?

Pois não.

Desculpe lhe incomodar a uma hora dessas, mas a moça que a senhora está hospedando, ela está aqui embaixo.

Diga pra ela subir.

Uma boa noite pra senhora.

Um bom trabalho pro senhor.

Ângela sobe. A porta do apartamento está aberta, ela entra.

Finalmente vamos nos conhecer, Lucimar diz da cozinha.

Desculpe. Eu não queria incomodar, Ângela diz e vai até a cozinha.

Lucimar está agachada diante do armário, olha indecisa para duas panelas de aço inox.

É que eu me desencontrei do Fausto e também esqueci o número do celular dele.

Você está com fome?

Pra ser sincera, tô com bastante fome, sim.

Gosta de espaguete com queijo parmesão ralado?

Ângela balança a cabeça.

Ótimo, pois vamos comer espaguete então. O que houve com o seu cabelo?

Fausto achou que era necessário raspar. Ele disse que seria melhor se eu ficasse parecendo uma leucêmica.

Leucêmica? Isso está me parecendo mais é uma das brincadeiras sórdidas do meu amigo Fausto.

Você acha que ele fez isso só pra me sacanear?

É possível. Você não tem ideia do que o senso de humor malévolo daquele homem é capaz de fazer.

Droga. E eu caí.

Não se culpe, isso acontece. Você quer beber alguma coisa? Um vinho?

Ná. Estou bem.

Lucimar põe os pratos e os talheres na mesa, Ângela acompanha cada gesto seu.

Você e ele já foram casados, não foram?

O que faz você pensar isso?

Você ainda gosta dele, eu consigo perceber.

Gosto dele como um velho amigo.

Ficam em silêncio até que Ângela se levanta e vai para perto de Lucimar, que mexe a massa de vez em quando.

Sabe, uma vez eu estava no Centro, matando tempo num desses cafés com internet, e comecei a conferir umas páginas de sacanagem, tipo casais transando. Essas besteiras.

E?

Acabei entrando numa dessas páginas que têm uns filmezinhos duns caras que recebem uma grana, tipo quinhentos dólares, pra deixar a mulher transar com outros caras, enquanto eles ficam ali só observando.

O que você está querendo me dizer?

Essa sua, como é que se fala? Essa sua tolerância com ele.

Com o Fausto?

É. Não acho muito normal.

O Fausto não é minha mulher nem eu estou ganhando quinhentos dólares pra vê-lo trepar com você.

Eu sei.

Você é nova demais pra entender, retira a panela do fogo, leva até a cuba da pia, pega o escorredor de massas, coa. A propósito, quantos anos você tem?

Vinte e um. Parece menos, né?

Uma criança.

Mas já vi muita coisa nessa vida.

Na internet de lan house no Centro?

Não, tia. Na rua mesmo. Em muita parada cabeluda que já rolou comigo.

Olha pra mim. Você não me conhece, e pega a manteiga da geladeira, põe dois pedaços numa outra panela de inox, deixa fritar. Então vou te dar um desconto, mas, se me chamar novamente de tia, eu juro que mesmo estando fraca como estou faço você voar daquela sacada, diz e joga a massa por cima da manteiga derretida, mexe, depois espalha punhados de queijo parmesão ralado por cima.

Ângela não responde. Lucimar pega um prato para Ângela e serve, depois faz o mesmo no que será o seu. Comem em silêncio. Ângela termina em dois minutos.

Quer repetir?

Não, estava ótimo, Ângela responde. Quer que eu lave a louça?

Não precisa, Lucimar diz.

Ângela levanta. A gente se vê amanhã?

Sim.

Boa noite.

Lucimar sorri. Falamos amanhã, Lucimar diz sem deixar de sorrir.

Ângela lhe dá as costas, sai da cozinha. Lucimar recolhe as coisas da mesa, liga a torneira, busca uma temperatura que não lhe machuque a pele, tira a barra de sabão de coco e a esponja do armário, lava a louça. Depois verifica a comida estocada, faz uma lista de coisas para Eduarda comprar. Deixa a lista sobre a mesa, apaga a luz. Na sala, fecha a porta do corredor, pega o telefone, liga para o celular de Fausto. No terceiro toque, ele atende.

Oi, Lucimar.

Acordado?

É.

Estou ligando pra dizer que sua amiguinha chegou, já faz uma meia hora.

Lucimar.

O que é?

Vamos parar. Estamos velhos pra certas provocações.

Vampiros nunca estão velhos pro que quer que seja, caro amigo.

Tá.

Você precisa me dizer quando vai ser o tal serviço.

Segunda-feira de manhã.

Onde?

Desculpe. Não vou falar disso pelo celular.

Fausto.

Sim.

Você está desenhando, não está?

Ele não responde.

O silêncio dos dois se combina. Então Lucimar se cansa, diz boa noite e, sem ter resposta, desliga.

Ângela abre as oito portas do roupeiro atrás de espaço para guardar suas roupas. Numa das superiores, encontra uma cadeira infantil pintada de cor-de-rosa, pega. Deita na cama segurando a cadeirinha e fica observando. Os primeiros minutos naquela posição são agradáveis, mas a dor na omoplata que vem lhe acompanhando desde que atirou o capacete contra o para-brisa da viatura, dor que se manifestou e sumiu por várias vezes nos últimos dias, volta, obrigando-a a deixar a cadeirinha de lado. Levanta, pega as roupas e acessórios que, ainda nas sacolas, estão amontoados ao pé da cama, tira das sacolas e começa a estender sobre o lençol. A saia evasê de tecido feltrado laranja, a calça slack de lã cardada azul, a blusa de algodão crepom amarelo, o corpete de fibra sintética vermelha, as outras peças, e se pergunta o que deve ter passado pela cabeça do velho quando comprou roupas tão elegantes para ela que não passa de uma fodida. Então pega o corpete e arremessa na direção da cômoda, derrubando o castiçal de pedra-sabão. O choque da pedra contra o laminado do piso faz um barulho alto, seco. Poucos segundos depois, alguém bate na porta do quarto. Ela não se move. Seu braço dói. As batidas se repetem. A luz fica acesa. Ângela finge que já está dormindo.

O pé-direito baixo, o mofo proliferando nas paredes rabiscadas com caligrafia miúda, os móveis velhos de laca amontoados contra a única janela da peça, o pelego de ovelha encardido sobre eles, o desnivelamento da cadeira giroflex, onde está sentado, o homem alto andando pelo cômodo. Tudo isso desconforta Machadinho.

Você anda repassando as armas que eu te vendo, diz o homem.

Até parece que você se importa, Berardi.

Você não tem ideia da merda que tá fazendo, Berardi fala e volta a caminhar. É só um desses seus amigos ser pego pela polícia que vai botar direto no seu. Depois não diz que eu não avisei.

Me aluga.

Como é que é?

Escolho a arma, te dou uma grana, você me empresta por uns dias, depois eu te devolvo. Nunca atiro em ninguém mesmo.

Qual é, Machadinho? Tu tá me tirando, rapá. Tá achando que eu sou videolocadora?

Relaxa, só tô tirando onda contigo, cara. Fica frio, e consulta o relógio. Vai, me diz, cadê as armas?

Arrumei duas nacionais.

Nacionais, Berardi? Eu disse que queria duas como aquela do Gordo Fred.

Sabe quanto custa aquela? Aposto que não. Você tá é completamente fora da realidade, mané.

Tá certo. E você, Berardi, é o senhor realidade. É o mais pé no chão que tem.

Sabe qual é o seu problema, Machadinho?

Machadinho não responde.

Você é afetado demais.

Machadinho se retesa.

Você é temperamental demais. Vive numa dimensão paralela e leva todo mundo que cola em você pra essa dimensão paralela. Você tá ligado que na tua antena é tudo ficção científica, não tá?

Na terça eu fui bem claro, pedi duas armas iguais àquela que você vendeu pro Miguel. Você me garantiu que conseguia. Ontem, te esperei um tempão. Mesmo quando me dei conta de que você não ia aparecer, eu esperei. Tava na fissura de ver as armas.

Admito. Furei com você. Tudo bem, admito, mas furei porque tava correndo atrás dos ferro. Tive que atravessar a cidade várias vezes. Por sinal, passei na frente do edifício onde o Fausto mora com aquela amiga estranha dele. Ele ainda tá com ela, não tá?

Cara, isso não é assunto meu e não é assunto seu.

Mané, você é mais novo, você não sabe, não faz ideia, mas uns anos atrás, vou te contar, aquela mulher era a coisa mais linda que eu já vi, alta, elegante, vistosa. Uma vez, encontrei com eles no.

Não, Berardi. Para por aí. Você só tá me enrolando, Machadinho diz e levanta. A vida do Fausto e da coroa dele não é assunto meu e muito menos seu, tu não é repórter, tu é mascate.

Olha como fala, rapazinho, Berardi diz irritado.

Machadinho se controla. Quero saber se pra amanhã você consegue duas como aquela do Miguel.

Nem pra amanhã nem pra depois. Tô viajando daqui a pouco pra Rondonópolis e volto só na outra semana, a irritação no seu rosto está evidente. Não sei qual é o teu problema. Arma pequena é tudo igual mesmo. Vinte dois é vinte dois.

Você só me enrolou nessa daí, Minotão, tira o pacote pardo do bolso, me enrolou mais uma vez, e joga sobre o tampo da mesa de fórmica azul, o tampo está riscado com a mesma caligrafia das paredes.

Minotão? Que intimidade é essa, seu mané?

Desculpa, cara, mas você.

Piça. Desculpa é o meu caralho. Esqueceu onde você tá, ô mané. Tá no meu labirinto. Não é assim que vocês que chegaram ontem e acham que sabem tudo falam por aí?

Machadinho abaixa a cabeça.

Anda, responde.

Foi mal, cara.

Berardi pega as chaves de cima da mesa, sai do apartamento, tranca a porta por fora.

Sem entender o que significou aquele rompante, nunca soube direito o porquê do apelido Minotão, Minotauro, Boi, embora tenha escutado uma vez sobre ele, quando era mais jovem, ter mantido por umas semanas num tipo de cárcere privado a ex--mulher por quem era muito apaixonado e que ela escapou e procurou a polícia e deu um rolo danado, Machadinho caminha pelo apartamento que deve ter uns cem metros quadrados e que não tem fogão e não tem geladeira na cozinha e não tem cama e não tem colchão, só pacotes e mais pacotes de armações de óculos. Entre duas colunas de caixas, encontra um martelo, pega. Volta para a giroflex, põe o martelo no chão. Consulta o relógio, observa os móveis de laca, parecem crianças obesas postas de castigo, pensa que será melhor se Berardi voltar tranquilo.

Eduarda recolhe o lixo da cozinha, em poucos minutos irá embora. Fausto se esgueira para ela passar, enche um copo d'água, tira do bolso a cartela de calmantes, destaca o penúltimo comprimido cor-de-rosa, engole.

Estou pronta, Ângela diz, pegando-o de surpresa.

Ele se vira. Falei pra você botar uma roupa discreta. Não pra se vestir feito uma perua, e termina o resto de água do copo.

Ué, é a roupa que você comprou.

Você tem ideia de onde a gente vai?

Como vou saber? Você não me disse.

Estamos indo encontrar o Machadinho numa espelunca.

Eduarda passa por eles sem pedir licença, age como se não estivessem ali. Ângela aguarda ela sair pela porta de serviço.

Cara, eu me arrumei.

Me poupe.

Ângela ajeita o corpete, encara-o, não diz nada.

Fausto se aproxima dela. Você está usando a minha loção de barba?

Gostei do cheiro. Não posso?

Eduarda entra. Fausto se afasta de Ângela.

Senhora, Ângela se dirige a Eduarda, pode arrumar o meu quarto.

Isso aqui não é hotel, Fausto diz. O quarto, você arruma.

Eduarda volta para a área de serviço ainda como se nenhum dos dois estivesse ali.

Você que manda, papaizão, Ângela diz e sai em direção ao quarto, e enquanto caminha pelo corredor escuta Fausto chamá--la de perua e dizer que ela tem três minutos.

Uma coisa eu sei, diz o homem de camisa xadrez amarrotada encostado na mesa de sinuca ao lado da mesa onde Machadinho está jogando sozinho, até pra chegar numa puta é preciso talento.

Machadinho concorda enquanto mira a bola branca enquanto os outros fregueses se movimentam ao redor das outras cinco mesas de sinuca espalhadas pelo salão enquanto aumenta dentro de si uma pressa enquanto a luz da rua se projeta contra a ponta escura do taco. A bola branca encaçapa a bola vermelha. Ele caminha para o extremo oposto da mesa. Sem prestar atenção na ladainha ininterrupta do homem de camisa xadrez amarrotada, concentra-se na última bola, a marrom, debruça-se sobre a borda da mesa, seu olhar focaliza a bola branca. E sua visão periférica capta os dois vultos se aproximando: Fausto e

Ângela. Volta o olhar na direção dela reparando, sobretudo, nas sobrancelhas raspadas, no rosto maquiado, no lenço lhe cobrindo a cabeça, e, em seguida, retoma a concentração na bola branca. Tem cerveja ali no balcão, diz para Fausto apontando com um movimento de cabeça os três copos ao lado da Serramalte litrão.

Parei de beber, Fausto diz e nota o pacote sobre o banco estreito e longo de madeira junto à parede, supõe que sejam as armas. Brincando com a sorte, Machadinho? Tá esperando a polícia entrar aqui pra dar geral em todo mundo.

Sem drama. Aqui é de boa, você sabe.

O que houve?

O Berardi resolveu endurecer comigo, e põe o taco sobre a bola branca, me trancou no apartamento, me deixou esperando por horas.

O que você disse pra ele?

Não disse nada. Aquele cara é mais um que tá ficando doido de pedra nessa cidade, e dá a tacada. Acerta.

Conseguiu fazer tudo?

Quase tudo, Fausto.

Fausto olha para a mesa do lado, Ângela está conversando com o homem de camisa xadrez amarrotada.

Leucemia. O tratamento foi horrível, custou uma fortuna, mas, graças a Deus, funcionou. Estou curada, diz.

Felizmente, já passou, minha criança, diz o homem de camisa xadrez amarrotada. Aceita um suco de laranja? É por conta da casa, fala piedoso.

Não, obrigada. Mas, se é por conta da casa, aceito um misto e um chocolate morno.

Não temos chocolate morno. Mas misto com presunto e queijo temos.

Um misto e um suco de laranja então, ela diz.

O rosto do homem de camisa xadrez amarrotada resplandece. Uma torrada e um suco saindo. E, aproveitando que essa é a única mesa ainda desocupada, pegue aqui duas fichas pra você se distrair um pouco.

Machadinho vai se sentar ao lado do pacote.

Ângela se aproxima. Posso?, e tira o taco das mãos dele, vira-lhe as costas, pega uma das fichas que acaba de ganhar, coloca no ficheiro, aciona o mecanismo de liberação da gaveta lateral da mesa, põe as bolas sobre o feltro.

Fausto senta ao lado de Machadinho.

Alguém aí quer jogar?, Ângela pergunta.

Os dois fazem sinal de não com a cabeça.

Não vai tomar a sua cerveja?, Fausto pergunta.

Se você não vai beber, eu também não vou beber, Machadinho responde.

Solidário, Fausto diz.

Pé atrás. Eu sei que você aguenta fácil quarenta e oito horas, aguenta até setenta e duas horas com a benzodiazepina. Isso dá, mais ou menos, até domingo. O problema é que o assalto é na segunda de manhã, e na segunda você vai estar numa pior, tremendo mais que vara verde.

Fatalismo não combina com você, Machadinho. Já te disse isso quantas vezes? Você já é homem criado.

Se você já tivesse há algum tempo sem beber, eu até admito. Mas parar hoje pra ter crise de abstinência na segunda. Sei lá. Parece falta de noção.

Fausto pega o pacote, tomando cuidado para não deixar as armas à mostra, abre. O que é isso, Machado?

O seu amigo Berardi empurrou arma nacional. Pelo menos são novas.

Tô vendo.

Ângela se aproxima, taco zanzando no ar.

Não vai dizer nada do meu visual?

Não pretendia. Mas já que você perguntou. Tá parecendo essas manequins carecas de vitrine.

Tô feia?

Machadinho olha para Fausto.

Fausto abaixa a cabeça e ri.

Não, Machadinho diz.

Ângela dispara um sorriso e volta a jogar sozinha.

Que figura, Fausto diz.

Acho ela perigosa, Machadinho diz.

Fausto levanta, vai até o balcão, pede um café preto duplo com bastante açúcar. É servido. Volta para o banco.

Vou te pedir um favor especial, Machadinho.

Manda.

Não mexe mais naqueles crisântemos que estão lá no meu apartamento, não rega, não faz nada.

O homem de camisa xadrez amarrotada traz o misto e o suco para Ângela. Ela pega o prato e o copo e vai se sentar no mesmo banco onde estão os dois.

Gostei desse lugar, Ângela diz.

O homem de camisa xadrez amarrotada fica olhando para Ângela enquanto ela come, no seu rosto um riso patético. Quando ela termina, ele se aproxima e recolhe o prato. Ela não toca no suco. Fausto dá as últimas instruções a Machadinho e diz que tudo está bem encaminhado. Olha para Ângela e avisa que está na hora de irem embora. O homem de camisa xadrez amarrotada acompanha os dois saindo do salão. Ângela acena. O homem de camisa xadrez amarrotada acena, embutirá na conta de Machadinho o misto e o suco que ela não tomou.

Pronta?

Claro, Ângela diz.

Então Fausto abre a porta do seu apartamento.

Lucimar entrega uma nota de vinte ao motorista, abre a porta do táxi e sai sem dizer uma palavra. O motorista, que deveria devolver um troco de oito reais, aguarda ela bater a porta, arranca. Ela fecha o casaco até o pescoço, passa pelos portões do centro comercial, caminha devagar olhando as vitrines das lojas, atravessa a praça do chafariz, entra no Café Cardial, senta próximo ao bar, do lado oposto ao palquinho, onde uma jovem toca flauta transversa. Um café expresso duplo, pede à garçonete que se aproximou para atendê-la. Cíntia, a gerente, surge de trás do biombo onde estão guardadas as louças e as guarnições, vem na sua direção, pergunta se já foi atendida.

Cíntia, você não me reconheceu, Lucimar diz.

A mulher se desculpa, pergunta onde ela esteve esse último ano que não apareceu mais.

A doença se agravou. Quase não tenho saído nos últimos meses.

A gerente diz que foi bom revê-la e se desejar qualquer coisa é só dizer.

Preciso falar com o meu médico, Cíntia. Você me empresta o telefone?

A gerente sorri de um modo engessado, ergue o braço direito e, mantendo-o suspenso, diz que Lucimar é cliente vip, que pode falar ao telefone pelo tempo que quiser.

Uma segunda garçonete traz o telefone sem fio e deixa sobre o tampo da mesa. Garçonete e gerente se retiram.

Lucimar pega o telefone, liga para o seu médico. No primeiro toque, ele atende.

Henrique?

Sim.

Só ligando de um telefone que você não conhece pra conseguir falar com você.

O médico dá uma gargalhada, diz que ela não tem ideia do caos que tem sido sua vida nesses últimos dias, que fez mil contatos no Congresso de Dermatologia, conheceu um médico chileno excelente, também pesquisador de casos de porfiria, que introduziu um método novo de tratamento, um tratamento que ele está ansioso para testar nela, que juntos talvez consigam recursos de uma fundação belga, mas que para isso terá de ir, daqui a uns dias, até Paris e depois Bruxelas, isto é, se a universidade aceitar a prorrogação da sua licença por mais um mês e se os alunos do grupo de estudo que coordena não o denunciarem ao conselho de ética da universidade por lhes dar tão pouca atenção, mas que, no fim das contas, ele está otimista e tem sentido isso, tem sentido que tudo dará certo, muito certo, e, enquanto fala, repete o nome de Lucimar muitas vezes, porque é certo mesmo, e juntos, todos, ela inclusive, conseguirão superar as adversidades e construir a esperança que trará mais esperança, e repete o nome dela muitas vezes de novo e se exalta, e diz que foi bom ela ter ligado, que ela pode ligar quando quiser, mesmo, e outras dez coisas, e só então pergunta como ela tem passado.

Estou bem, Lucimar diz com dificuldade de segurar o telefone, seus dedos começaram a tremer como nunca. Então você pretende me submeter a outras experiências, Henrique? É isso que você tem para me dizer? Na verdade, liguei para perguntar só uma coisa: daqui a quanto tempo vou poder sair novamente à luz do dia? Se é que isso vai acontecer. Você ganhou notoriedade com o tratamento que aplicou em mim, que sou o caso mais sério de porfiria no Brasil.

Ele diz que, sem dúvida, deve muito à coragem dela.

O problema é que o sucesso do tratamento foi lá no início e agora os sintomas estão mais críticos do que nunca. Você sabe bem disso e está me evitando. Você acha que vai conseguir me evitar para sempre, Henrique? Ou acha que, nesse meio-tempo, vai me curar?

O médico dá outra gargalhada, repete que ela não tem ideia do caos que tem sido a sua vida nesses últimos dias, que fez mil contatos no Congresso de Dermatologia, conheceu um médico chileno excelente, também pesquisador como ele, que introduziu um método novo de tratamento, um tratamento que ele está ansioso por testar nela, que juntos talvez consigam recursos.

Lucimar põe o telefone sobre a mesa, a voz do médico sai amplificada em palavras ininteligíveis, parece vir também da flauta transversa que a jovem assopra e se espalha pelo ambiente amplificada pelas caixas de som.

A garçonete traz uma caneca com um líquido vermelho espesso dentro. A gerente enxota do café uma senhora risonha e aparentemente inofensiva, uma pedinte. Lucimar sente que molhou a calça, mas quando levanta para verificar o estrago constata que o brim e o assento da cadeira estão secos.

Fausto rabisca no papel, sente o peso da benzodiazepina. Ângela apaga o cigarro que estava fumando no cinzeiro, abre a segunda caixa de suco de maçã.

Esse suco é a melhor coisa que já tomei na vida, e enche o copo que está em cima da mesa. Você deve ser viciado nele.

Você está dizendo isso por causa das caixas?

São oito caixas.

Comprei na promoção. Só isso.

Gosto disso em você.

O quê?

Esse jeito de ir levando sem se importar.

Mas eu me importo.

Acho que não.

Como assim?

Se você se importasse não teria me sacaneado.

Como assim?

Você sabe.

Não sei.

O meu cabelo. Você não precisava ter raspado.

Quem botou essa ideia na sua cabeça? Foi a Lucimar?

Não preciso da sua amiga Força das Trevas pra saber que você me sacaneou.

Só que eu não te sacaneei.

Cara, você é um velho muito do safado.

Fausto não responde, volta a desenhar.

Na real, esse suco tá muito doce, Ângela diz.

Suco de maçã é assim.

Vou misturar com vodca.

No refrigerador tem duas garrafas.

Ângela vai até a cozinha, volta com a garrafa, põe um pouco da bebida na caixa do suco, senta no tapete próximo a Fausto, bebe direto da caixa. Agora ficou melhor.

Os minutos passam. Fausto termina o desenho.

Vem aqui e me diz o que você acha.

Ângela levanta.

Você desenha bem.

Acho que acertei com esse.

Não entendo de arte, ela diz.

Ninguém entende, ele diz.

E, no papel, o desenho da menina com um lenço na cabeça sentada no piso cercada por vasos de crisântemos mortos.

A sessão iniciou.

O cheiro de lubrificante íntimo e vaselina está no ar.

Sem passar pela catraca, mais arisco do que das outras vezes e se sentindo ainda mais derrotado, Machadinho tira o ingresso do bolso, entrega na mão do funcionário, entra na sala escura.

Fausto leva o atlas até Ângela.

Qual é, vai me dar aula de mapas?

Tô pensando em fazer uma viagem, ele diz. Ir até Córdoba, depois Santiago e daí pra este lugar, e movimenta a ponta do dedo para o sul, Chiloé. Quer vir comigo?

Deve ser frio pra caralho aí.

Quer vir?

Não sei se gosto de lugar muito frio.

Por uns tempos.

Ela balança a cabeça, dá a entender que aceita.

Vou arrumar o quarto, ele diz.

Ela o segura pelo braço. Acho que prefiro dormir no outro apartamento.

Você é quem sabe, ele diz. Separa a chave do apartamento de Lucimar, dá para Ângela. Amanhã você me devolve, pega uma nota de vinte na carteira. Isso é pro táxi. Abre a porta do apartamento. A gente se fala amanhã.

Adorei o desenho, ela diz e sai pelo corredor.

Ele fica ali pelo tempo em que a minuteria mantiver acesas as luzes do corredor, depois vai até o banheiro e se masturba como não se masturbava há meses.

Ângela encontra Lucimar dormindo, falando durante o sono, fecha a porta com cuidado, tira os calçados, senta na poltrona diante do sofá onde Lucimar está, fica em silêncio tentando entender o que sua anfitriã está dizendo. É algo sobre uma mãe errada. Lucimar leva a mão contra a boca, franze a testa, diz que não pode deixar o bebê, tira a mão da boca e sorri. E, do nada, desperta e, encarando Ângela com os olhos bem arregalados, pergunta se ela está grávida. Ângela se assusta e grita. Então Lucimar acorda por completo.

O que está acontecendo?

Você estava dormindo, Ângela diz. Acho que era um pesadelo.

Eu estava agitada?

Sim. E falando um monte de coisa sem nexo.

Não consigo lembrar.

Você perguntou se eu estava grávida.

Perguntei?

É.

Que coisa. Não lembro.

Você tá bem agora?

Estou.

Vou deitar, Ângela diz.

Espera, me conta uma coisa. O assalto é na segunda, não é?

Daqui a quatro dias.

Isso não está um pouco em cima?

O teu amigo diz que sabe o que está fazendo.

Você não acha arriscado?

Já fiz tantas coisas arriscadas. Mais uma não vai fazer diferença.

Você tem opção de não se envolver.

Não tenho muita opção não, preciso de dinheiro.

E ele lhe trata bem.

Sim. Nunca trabalhei pra alguém que me tratasse bem como ele me trata.

Onde vai ser?

Ângela para, vira-se para ela. Ele não te contou?

Disse que será numa joalheria.

É. Aquela da Paissandu, perto do quartel da polícia militar.

Perto do quartel?

Louco, né?

O Fausto enlouqueceu.

Vou dormir, Ângela diz. Boa noite.

Boa noite, diz e pega o telefone sem fio, mas não sabe para quem ligar. Está perdida, tão perdida quanto o seu Fausto. Não deveria ser assim. Não foi criada para perder o controle da forma como perdeu. Deixa o telefone de lado. E, sem relacionar o que é o mais óbvio na sua natureza, se lembra de um pedaço do sonho que teve há pouco e depois se lembra do resto.

Oito

O vendedor disse a Machadinho que a loja tinha por regra não permitir que camisas sociais fossem provadas pelos clientes e garantiu que a medida da circunferência do pescoço era o que bastava para saber o tamanho certo. Mas a camisa ficou apertada nos ombros e no peito. O desconforto que ele está sentindo não vem, no entanto, do tecido justo no corpo, vem daquela rua de lojas e restaurantes caros, das fachadas de suas casas antes ocupadas pelas famílias mais tradicionais da cidade, das pessoas que circulam confiantes por aquelas calçadas, do prédio de escritórios a que se dirigirá, do cheiro de mistura de perfumes espalhado pelo ar. Caminha sob a marquise extensa, passa pela entrada, vai direto ao guichê de recepção, mostra a identidade, diz que vai na agência de câmbio, posiciona-se em frente à minicâmera digital que o fotografa, pega o crachá, entra no elevador que atende do décimo quinto ao trigésimo andar. Solicita o vigésimo sétimo ao ascensorista. O elevador para no vigésimo sétimo. Ele sai, caminha direto até a porta que dá para a escada de incêndio, abre, depois abre a porta antifogo, o acinzentado brilhoso das paredes o acalma (e de repente aquele lugar poderia ser qualquer outro bem longe dali, um lugar onde os erros da sua mãe não ecoassem, os erros dos quais ele sabe que é parte). Desce as escadas até o vigésimo sexto, abre a porta antifogo e a outra, depara-se com o corredor vazio, observa as setas indicando as salas ímpares à esquerda, as pares à direita. Caminha para a direita, passa pelas salas até a dois mil seiscentos e dois. Na porta, há uma placa em estanho com o nome da clínica e abaixo (em placas menores, separadas) os nomes dos cinco médicos que atendem ali. O terceiro se chama Álvaro Ponce de Leon Rocha. Machadinho fica olhando aquele nome por minutos, ninguém entra ou sai por aquela porta, ninguém entra ou sai por nenhuma das outras portas daquele corredor. Volta aos elevadores. Aperta o botão do desce e, sem interferir no silêncio quase absoluto do ambiente, chora.

A campainha toca sem parar. Lucimar tomou o dobro de calmantes que costuma tomar, não perceberá. Ângela se agita nos lençóis sem querer acordar de imediato, mas, afetada pela insistência do toque, segundos depois se dá conta, *a chave*, pula da cama, para, para, caralho, a outra vai acordar, corre, alcança a fechadura, gira a chave, abre a porta.

Desculpa. Eu.

Tudo bem, Fausto diz. Sei bem o que é apagar e não escutar uma campainha tocando. Você tá bem?

Tô legal.

Pode voltar pra cama se quiser.

Tô bem. O que você trouxe aí?

Trouxe os desenhos pra Lucimar ver.

Bacana.

Depois vou comprar as passagens.

Ângela olha o vazio, não diz nada.

Você tá parecendo um zumbi, diz e coloca os desenhos sobre o tampo da mesa da sala. Vou pegar as chaves. Depois a gente se fala, e a beija no rosto (algo no gesto dele sai errado).

Ângela não chega a compreender, mas, quando ele bate a porta, ao se ver sozinha, percebe que já está farta de todos aqueles excessos.

Não há mais detalhes sobre o assalto à loja para acertar.

Desenhei os crisântemos, Fausto diz.

Os mortos?

Que outros poderia ser?

E o resultado?

Bom. Eu acho.

Machadinho poderia dizer algo e levar a conversa adiante, mas não diz. Fausto percebeu que ele não está bem, não lembra de tê-lo visto assim tão desanimado.

A praça está vazia, mas os mendigos começam a se juntar sob os vãos do monumento de concreto. Do outro lado da avenida estão o bar, as mesas de sinuca, o homem que quase sempre está de camisa xadrez amarrotada.

Alguma coisa tem que valer a pena, tem que fazer sentido, Fausto deixa escapar.

Tô bem, Machadinho diz e olha para ele.

Você é novo, Machadinho, um dia vai se encontrar.

Vou me encontrar quando você me ensinar a entrar e sair dos lugares.

Você projeta expectativas demais nesse negócio, em mim.

Gosto de você, cara.

Gosto de você também, Machadinho.

Machadinho não diz mais nada. E dali a pouco os dois se despedirão e, mais tarde, Fausto lembrará que não tomou o calmante, e os tremores se espalharão, e uma vontade de explodir tomará conta da sua cabeça.

Lucimar adaptou o projetor de slide dentro do quarto onde guarda seus negativos e fotografias. Ângela está ali pela primeira vez, encantada com souvenirs de todas as partes do mundo. A luz atravessa os cromos, chocando-se contra a cor gelo da parede, algo menor que um cartaz A2. Imagens preto e branco se alternam em intervalos de dez segundos, e são quase todas de uma boca masculina. O cheiro de incenso de rosas arrefeceu. Aquela penumbra, a densidade espaçosa e elástica dos almofadões, a voz de Lucimar, entremeada pela repetição dos claques do projetor, explicando a intenção de cada foto e por que têm alguma qualidade artística. Ângela mordiscando as bolachas recheadas que Lucimar lhe serviu sentindo-se acolhida, aliviada. O CD *Caetano & Chico juntos e ao vivo* roda pela segunda vez no aparelho minúsculo que está na prateleira inferior da estante de vime, quase na altura do chão. O volume do som está baixo, além dos assovios, aplausos e gritos da plateia que lotava o Teatro Castro Alves em 1972 Ângela só distingue a guitarra e os esganiçados da canção. Entram os últimos slides retratando o dorso castanho musculoso, e ela se excita.

A sessão acaba. Lucimar acende a luz do abajur.

Gostou?

São lindas, elas são.

Diga apenas: gostei. É como se faz, esteja sendo sincera ou não.

Mas são fotos lindas, de verdade.

Que bom que você gostou, porque tem mais aqui, e pega três publicações dos seus trabalhos fotográficos, deixa na frente dela. Foram publicados há muito tempo. Esse de cima deve ter a sua idade.

Ângela limpa as mãos no guardanapo. Ele está em algum desses álbuns?

Não. O Fausto nunca me autorizou a publicar nenhuma das fotos que tirei dele.

Que palhaço.

Também acho.

Ângela se aproxima um pouco mais da claridade do abajur. Começa a folhear o primeiro álbum.

Sabe, hoje à tarde, sonhei de novo que você estava grávida.

Ângela não chega a se impressionar. Deve ter sido estranho pra você ter dois sonhos repetidos comigo. E grávida. Caralho, mano.

Eu gritava eufórica que cuidaria da criança, e nós ríamos como se fôssemos duas grandes amigas, duas almas em eterna sintonia.

Devem ser os remédios que você toma, prossegue concentrada nas fotos. Vocês chegaram a casar oficialmente?

Oficialmente?

Ângela balança a cabeça.

Sim, mas não durou muito.

Caralho, você sabia mesmo o que tava fazendo quando tirou essas fotos. São demais.

Lucimar se espicha para ver. Esse ensaio ganhou um prêmio importante na Inglaterra e depois em Portugal.

Você é muito fera.

Quando casamos foi tudo muito estranho. Foi um curto espaço de tempo em que o Fausto envelheceu bastante. Ele era um homem jovem e de repente não era mais. A tristeza o dominou. Ele começou a depender da tristeza para se sentir seguro.

Ângela balança a cabeça, concordando, mas não presta atenção.

Foi quando ele inventou a sua pequena guerra contra o mundo, inventou os seus pequenos jogos. E agora não consegue parar.

Isso daqui é o que eu tô pensando?

Uma sombra.

Não é a sombra de um pau.

Uma glande, sim.

Você era safadinha.

Lucimar ri.

E os olhares se encontram. O de Ângela é deslumbrado. O de Lucimar é algoz.

Ganhar dinheiro fazendo o que se gosta de verdade, caralho, isso deve ser bom.

Já tive o céu aos meus pés.

Demais.

Mas não posso dizer que ganhei dinheiro. Esse apartamento e tudo mais que você está vendo veio da herança que ganhei do meu pai.

Do pai. Legal. O meu pai era um filho duma égua.

Maltratou você?

Bastante. Mas consegui escapar.

Você fugiu?

Fugi de tudo.

Mesmo assim a vida continua sendo uma roda de hamster, não é?

Ramis o quê?

Aqueles ratinhos que se costuma dar para as crianças aprenderem a torturar. Aquelas rodas que supostamente são para eles se exercitarem.

É, pode ser. Um cara me disse a mesma coisa essa semana, só que com outras palavras.

Um cara?

Um imbecil aí que quase me fodeu a vida. Mas dei sorte.

Às vezes os ratos dão.

Ângela olha para ela, não gostou do que ouviu.

Lucimar sorri. Não se ofenda, somos todos ratos, sobrevivendo sob o olhar mimado e perverso de uma única criança mimada.

Ângela não diz nada.

Percebo agora o quanto você e o Fausto são parecidos.

Na real, ainda não entendi qual é a dele.

Ele te atrai?, Lucimar dispara.

Não vou negar, acho que ele é um velho bonito. Tem charme.

Ele tem mesmo.

Roleta-russa total.

Um homem fascinante.

Você ainda é caída por ele, né?

Tento administrar as contradições da nossa amizade.

Ângela já está folheando o segundo álbum. E essa foto antiga toda amassada, foi você que tirou?

Não, ela está na introdução porque não fui eu quem tirou. Se você ler o que está escrito aí embaixo vai saber.

E qual é?, Ângela arqueia as sobrancelhas.

Foi essa foto que me fez querer ser fotógrafa. Foi tirada pelo meu pai, na única vez que eu, ele e a minha mãe fomos passar as férias na Argentina. Isso foi dois anos antes deles se separarem e ela voltar para Buenos Aires para o, e não termina. O indiozinho da foto é o filho do capataz da fazenda onde nos hospedamos. Eu e ele éramos duas crianças muito diferentes, mas que descobriram juntas coisas importantes.

Ângela para de folhear o álbum, olha concentrada para Lucimar.

Essa foto foi o único registro daquele tempo.

E o menino.

Morreu alguns anos depois, afogado em um rio.

Que mau isso.

Muito mau.

Você reparou que eles são parecidos, não reparou?, Ângela pergunta.

Fausto e o indiozinho?

É.

Parabéns. Você é a primeira pessoa a notar ou, pelo menos, a notar e me dizer.

Tá meio que na cara pra mim.

Sabe? Perdi a conta de quantas vezes fotografei o Fausto.

Ele fica muito lindo nas suas fotos. Você captura bem a.

A alma dele.

Isso.

O lado bom.

Pode ser.

Sim, capturo o lado bom. Não tenha dúvida.

E alguma vez ele desenhou você?

Lucimar faz cara de quem não gostou da pergunta, reage. Eu vi que ele desenhou você.

Ângela desconversa. Você tá linda nessa foto de capa, e mostra a contracapa do segundo álbum. Está radiante.

Você percebeu, Lucimar diz.

Ângela passa às fotos no miolo do álbum e segue folheando até se distrair por completo novamente.

Fausto entra no saguão do prédio, cumprimenta o porteiro.

Só um instante, o porteiro diz. A dona Lucimar pediu que eu entregasse pra você esse envelope e disse pra você ler antes de entrar no elevador.

Fausto abre o envelope, tira o cartão e lê.

Não suba. Quero conhecer a garota. Beijo. Lucimar. P.S.: os desenhos são lindos, quero-os para mim.

Porfiria: doença causada pelo distúrbio na síntese dos radicais heme, um dos componentes da hemoglobina, responsável pela cor vermelha do sangue. O heme é formado por uma reação encadeada, na qual há a participação de várias enzimas — é um pigmento vermelho-acastanhado produzido pelo organismo e que faz parte da estrutura de muitas proteínas e enzimas importantes, tais como hemoglobina (transportadora de oxigênio), mioglobina (estocadora de oxigênio) e citocromos (enzimas que participam da respiração celular). Há diferentes formas de porfirias, que variam de acordo com o gene mutante e com a enzima ausente ou deficiente. Um dos mais graves é a porfiria cutânea tardia. Outras de bastante expressão, sobretudo pelo alto número de casos observados, são a protoporfiria eritropoiética e a porfiria variegata. Na maioria das porfirias os sintomas não se desenvolvem, tratando-se de uma porfiria latente. Os sintomas são os mais variados e tendem a ocorrer em surtos que se prolongam por semanas ou até mais tempo. As mãos tornam-se vulneráveis ao menor trauma. Saliva e urina ficam vermelhas. Em quase todos os casos de porfiria aparecem sintomas de fotossensibili-

dade. Isso ocorre quando os precursores químicos das porfirinas são iluminados em presença de oxigênio, gerando radicais livres, que causam danos aos tecidos. Também podem ocorrer lesões no fígado, com desenvolvimento de cirrose e carcinoma. Em outras formas ocorrem dores abdominais intensas, náuseas, vômitos, constipação ou diarreia, distensão abdominal e retenção ou incontinência urinária. São comuns taquicardia, hipertensão, inquietude e impaciência, devido aos efeitos no sistema nervoso. Distúrbios nos nervos motores causam tremores e fraqueza muscular que começam usualmente nos ombros e braços. Pode conduzir a uma severa paralisia, insuficiência respiratória e raramente à morte. A doença tem essa curiosa relação com o vampirismo, justamente pelo fato de as pessoas que apresentam a doença não poderem expor-se ao sol — as porfirinas se acumulam na pele e absorvem a energia solar, causando fístulas (feridas), bolhas que chegam a necrosar. O doente pode ter dificuldades para respirar, engolir, falar, mas permanece consciente o tempo todo. Em um estágio mais avançado, tem alterações de comportamento e alucinações. Não existe possibilidade de cura.

Ângela devolve a folha para Lucimar.

Uma vez, o meu dermatologista esteve aqui e deixou cair essa folha da pasta. Resolvi guardá-la. Poupa-me o trabalho de explicar a doença pra quem nunca ouviu falar nela.

Ângela se aproxima na intenção de abraçá-la, mas percebe o desconforto de Lucimar e desiste.

Não tenha pena de mim, garota. Não suporto gente piedosa.

Não sou piedosa, Ângela diz. Mas gosto de abraçar e ser abraçada, diz e senta no chão ao lado da cadeira onde Lucimar está. Então Lucimar aproveita, passa as pontas dos dedos na cabeça de Ângela e pensa que, olhando assim de cima, parece a cabeça de um bebê.

Nove

A música da loja é agradável. Todos os modelos ficam ótimos no pé de Ângela. O vendedor a trata com toda atenção. Fausto apenas os observa. Estão em sintonia. O vendedor insiste para que levem dois pares de tênis, porque pode falar com o gerente e conseguir um desconto. Mas Ângela deixa claro pela segunda vez que só levará um, e será o preto estilo bota de boxeador. Em menos de cinco minutos estão fora do estabelecimento atrás de uma loja que tenha gorros como o que ela disse que queria. Encontram a loja e também o gorro. Ela não pensa duas vezes, põe o lenço na sacola, sai com o gorro azul-marinho na cabeça. Para Fausto parece um sonho, um sonho frágil que ele apenas sorri e aceita.

Nas tardes de sábado, os que estão de folga se organizam para almoçar na Churrascaria Princesa Isabel o rodízio econômico, depois vão a um shopping qualquer olhar o que comprar e não compram nada. Os três estão prontos há um tempo, Machadinho ainda não saiu do banho. Não é conversa vazia a que estão tendo, é um jogo de afeto, códigos e piadas, conduzido para resultar em gargalhadas intermináveis, em outras provocações, confirmando não a esperteza de um ou de outro, mas a esperteza do grupo. É quando se sentem especiais. Um deles diz que Machadinho está demorando. Os outros dois concordam. O mais velho decide bater na porta e perguntar o que está acontecendo. Grita o nome de Machadinho muitas vezes. Nada além do som do chuveiro ligado. Os outros dois se aproximam. Insistem mais um pouco. Arrombam. Levarão horas para tornar Machadinho apresentável novamente.

Lucimar sai do quarto, encontra Eduarda passando pano nos armários.

Oi.

Boa noite, Lucimar.

Por que você ainda não foi embora?

Vou ao cinema com uma amiga que só sai às sete e meia do emprego. Decidi ficar aqui matando o tempo.

Preciso falar com você. Larga esse pano, desce lá na portaria e pega a chave da cobertura enquanto eu vou pegar um casaco para vestir.

Cobertura?

Faz anos que não subo lá.

E se tiver alguém, alguma festa acontecendo lá?

Se você não falar com o porteiro, não vamos descobrir.

A gente não pode conversar aqui?

Lucimar faz o sinal universal de tem essa menina lá dentro e eu não quero que ela escute a nossa conversa. Vai lá e pega a chave, diz.

Eduarda obedece. Lucimar pega o casaco, veste, apanha o talão de cheques e uma caneta, sobe para encontrá-la. Quando sai do elevador no andar da cobertura, depara-se com Eduarda forçando a chave na fechadura sem êxito.

Deixa que eu faço, Lucimar diz.

Eduarda não responde, força um pouco mais até que consegue abrir a porta. Lucimar acende as luzes. A cobertura não está apenas vazia, está abandonada: as paredes (pintadas com cal) estão descascando, os ladrilhos rachados, os bancos empoeirados, as espreguiçadeiras, presas por correntes enferrujadas, acinzentadas de estarem expostas à alternância de sol e chuva.

É, parece que mais ninguém vem aqui, Lucimar diz.

Faz anos que não venho também.

Que triste.

Caminham até o parapeito. É possível ver boa parte da cidade e, projetando-se contra as nuvens, um pouco do vermelho do sol que já se pôs.

O que é, Lucimar?

Estive pensando. Não temos nos dado muito bem ultimamente, não é?

É uma fase. A gente já passou por isso outras vezes.

Não sei como você me suporta.

Conheço você há mais de quarenta anos, menina. O seu pai, você sabe, se tornou uma pessoa importante na minha vida.

Lucimar observa a cidade.

Você vai me despedir?

Ainda não sei.

E como vai se arranjar?

Há quantos anos você não tira férias de verdade, Eduarda?

Trabalhando só quatro vezes por semana, não chego a cansar. E você sabe: ficar perto deste apartamento, cuidar dele e de você me faz bem.

Esse apartamento. Nós vamos passar e esse apartamento vai ficar.

Eduarda não responde.

Vou lhe dar duas semanas de folga. Quero que você viaje para algum lugar, pense um pouco na vida. Vá aproveitar um pouco.

Duas semanas?

Lucimar pega o talão, põe sobre o granito polido do parapeito, preenche. Vou lhe dar este dinheiro.

Não preciso de dinheiro. Tenho as minhas economias. Você já me paga bem demais.

Não discuta. Faça uma viagem, divirta-se. E nem pense em aparecer aqui antes das duas semanas, e entrega o cheque na mão de Eduarda.

Você tem certeza?

Preciso me virar sozinha. Estou muito dependente da sua ajuda. Isso não é bom para mim. Creia.

As duas se abraçam.

Você sabe que eu evito vir aqui em cima.

Sei, Eduarda.

O seu pai.

Lucimar a abraça ainda com mais força. Eu sei, Eduarda, eu sei.

Oito horas da noite. O telefone público fica exatamente onde Cipriano disse, na frente do ginásio de esportes Lido Guimarães. Fausto tira do bolso o papel com o número do celular, liga, começa a chamar, aguarda até a ligação cair. Tenta de novo. No sétimo toque, encosta um Vectra prata ao lado deles. A película escura não o deixa ver quem está dentro do automóvel. A porta do carona abre, sai um garoto de uns quinze anos.

Fausto, né?

Fausto balança a cabeça com desconfiança (não esperava ser recepcionado por alguém tão novo).

E essa daí?, o garoto pergunta, olhando todo ouriçado para Ângela.

Ela está comigo.

O garoto abre a porta de trás, não tira os olhos de Ângela. Você entra aqui.

Ela obedece.

O motorista, um sujeito dos seus quarenta anos, se vira e olha para ela.

Oi, ela diz.

Ele balança a cabeça, mas não diz nada. Volta a se virar.

E você entra aí na frente, o garoto diz para Fausto e senta ao lado de Ângela.

Fausto entra, cumprimenta o motorista com um movimento de cabeça. O motorista retribui do mesmo modo, engata a marcha e arranca devagar.

Quero os dois olhando pro umbigo, diz o garoto. Se levantar a cabeça, pode esquecer o encontro.

A viagem dura uns dez minutos. Quando o carro para de rodar e em seguida dobra à direita, Fausto percebe que estão num galpão e que há carros alegóricos de escola de samba, a maioria deles desmanchados, por todos os lados. Seguem, por mais de cem metros, até o fundo do terreno, param sob uma meia-água.

Podem levantar a cabeça, diz o garoto.

Fausto olha para o lado direito, há mais quatro jovens sentados sobre os capôs de dois outros Vectras prata, são modelos mais antigos que esse onde estão. Olha para a esquerda, vê o que certamente é o escritório de Cipriano. A porta do seu lado é aberta.

Vamos lá, o Cipriano não gosta de esperar.

Descem do carro, seguem o garoto e o motorista até a peça de alvenaria. Entram.

Sentado a uma mesa de vidro, olhando concentrado para um dos dois laptops à sua frente, está um homem dos seus quarenta anos, muito parecido com o motorista.

Boa noite, Fausto, diz sem tirar os olhos da tela.

Oi, Cipriano. Eu.

A mocinha quem é?

Minha amiga.

Costuma trazer amigas pra reunião de negócios, camarada?

Fausto se aproxima da mesa. O Jorge me disse que.

Vou pedir pra sua amiga esperar lá fora, Cipriano diz.

Fausto olha para Ângela. É claro, responde sem hesitar.

Pedro, acompanha a menina, Cipriano diz para o garoto, que escancara um sorriso agressivo para Ângela.

Ângela ajeita o gorro na cabeça e se aproxima de Fausto, beija-o no rosto. Vê se não demora, meu bem, e lança um olhar de desprezo para Cipriano.

Assim que ela e o garoto saem, Cipriano olha maliciosamente para Fausto. Gostei das sobrancelhas raspadas, e levanta da cadeira. Mas afinal, Fausto, o que traz você aqui?

O Jorge me disse que, além de carga de caminhão, você está lidando com joias.

Ele disse que eu mexo com carga de caminhão, é? O Jorge gosta de falar.

Fausto não responde.

Tudo bem. E aí?

Aí que, na segunda-feira de tarde, vou ter duas sacolas cheias de joias pra negociar… e se você me pagar no mesmo dia, deixo elas por oitenta por cento do valor que você der na avaliação.

Oitenta por cento do valor que eu te der?

É.

Cipriano coça o queixo. Isso está me cheirando a desespero, camarada.

É a minha proposta.

Sabe que tem gente por aí que vai te pagar melhor do que eu, não sabe?

Sei. Mas preciso de liquidez. E o Jorge me disse que você é confiável.

Se você vai querer fazer negócio comigo, para de falar no Jorge.

Tá.

O Jorge é fantasma pra mim. Um fantasma que fala demais. Quem é ele pra dizer se eu sou confiável ou não? Palerma.

Você tem interesse?

Olha, Fausto, vamos fazer negócio sim. Mas antes quero saber uma coisa. Quem é essa coisa gostosa que tá com você?

Fausto não responde.

Essa pressa toda não é por causa dela, é? Você sabe que a pressa é inimiga. Você conhece a regra básica desse nosso negócio: num dia, descola mercadoria, no outro, vende. Sem pressa. A pressa, você sabe.

Sei. Mas é isso.

Espero que você esteja desfrutando bem aquela bunda.

Ok.

Aquela bunda me desconcentrou, camarada.

Ok.

E que ela não me traga polícia pra cima de mim.

Pode ficar tranquilo, Fausto diz.

Eu tô tranquilo, camarada, Cipriano suspira e olha para o motorista, que é muito parecido com ele e que permanece imóvel como se estivesse sedado. Pode ter certeza que eu tô tranquilo.

Segunda-feira, então.

Segunda, no lugar onde eu marcar, Cipriano diz e levanta estendendo a mão para um aperto. E quando encontrar com o Jorge diz que o tempo dele de fantasma que surge do nada e some do nada tá quase no fim. E que não adianta ficar mandando gente séria e desesperada como você pra vir negociar comigo achando que a barra dele vai limpar, porque não vai. Diz isso pra ele.

Os dois saem do escritório, Fausto olha à frente, não vê Ângela, nem o garoto, nem o Vectra.

Cadê a sua amiga?, Cipriano pergunta. Não vai dizer que, e ri.

Fausto se encosta numa das colunas que sustentam o tapume, olha para o céu. As nuvens carregadas bloqueiam a luminosidade da lua cheia. Cipriano volta ao escritório sem dizer uma palavra. Os quatro rapazes permanecem ali aguardando a reação de Fausto, mas ele não reage.

Não chega a passar nem cinco minutos, Fausto vê a claridade dos faróis se deslocando pelo galpão e depois pelo terreno. O carro para a alguns metros dele.

O garoto desce do carro. Já terminou?

Fausto confirma com um movimento de cabeça.

Então vamos nessa. Chega aí, Maluquinho. Vamos soltar o casal no ginásio.

O menor dos quatro se adianta, abre a porta de trás do automóvel e entra. Fausto entra pelo outro lado, ele e Ângela abaixam a cabeça. O automóvel voa por ruas sem calçamento. A viagem é mais curta do que a primeira. O carro freia. Fausto tem a impressão de que não se passaram nem três minutos.

O garoto se vira para Fausto. É aqui, podem sair, e depois para Ângela. É isso, meu bem.

Ângela desce, bate a porta com toda força. No mesmo segundo, o Vectra arranca cantando pneu. Os dois ficam ali, parados em frente ao ginásio Lido Guimarães. Ela corre o olhar para a fila de pessoas que aguardam os portões abrirem. Há gente de todas as idades, mas a maioria aparenta entre dezoito e vinte anos.

Que horas são?

Cinco pras nove, Fausto responde.

Vamos dançar um pouco. O cartaz ali tá dizendo que o baile começa às vinte e uma. Demos sorte.

Não sei.

Hoje é sábado. Deixa de ser rabugento.

Quero saber que negócio é esse de sair pra passear de carro.

Agora tô entendendo a cara de comeu e não gostou. Quer saber? Os caras tavam quase me estuprando, você me deixou numa roubada. Aquele bando de punheteiros. Inventei que tava passando mal e tinha esquecido o meu remédio em casa. Fiz o bocó me levar até uma farmácia e comprar Plasil.

Cadê o remédio?

Esqueci no carro.

Vamos nessa. Fausto não consegue esconder a irritação.

Aonde?

Embora daqui.

Quero dançar, diz e se agarra ao braço dele. Não é justo, tô fazendo tudo que você pede. Pô, só meia horinha, deixa eu curtir o começo da festa, depois a gente vai, e enquanto fala puxa Fausto na direção da fila.

A primeira hora passa voando, ela já tomou três latas de cerveja. E ele acaba de dizer ao seu ouvido que precisam sair em dez minutos. Ela tira o gorro da cabeça, joga para ele, corre para o meio da pista (ele nunca a viu assim). É a menina careca saltitando entre a massa que se embola ao som, conforme o DJ acaba de repetir, do mais novo hit do Miami pancadão.

Entre sombras vaporosas

Ajeita a gravata, bate repetidas vezes na porta de serviço. Ninguém atende. Se tocar a campainha, sabe que perderá o emprego. Tira do bolso do casaco uns cartões de papel gofrado que comprou esta manhã num dos sebos da Belém, a caneta nanquim zero cinco, escreve. *ABRE, ESTOU DO LADO DE FORA.* Passa pelo vão da porta. Aguarda. A porta se abre. O garçom, um homem dos seus sessenta anos, repreende-o com o olhar (ele sabe que não adianta se desculpar, está quase uma hora atrasado) e lhe dá as costas. Como foi o último a chegar, ficará encarregado de servir as bebidas e os doces, ajudará os convidados que passarem mal, recolherá cacos de vidro e secará a bebida empoçada no chão quando houver bebida empoçada no chão. O outro, o da sua idade, entra na cozinha equilibrando a bandeja com meia dúzia de torradinhas e um pote de caviar quase no fim.

Isso é hora de aparecer, Jaime?

Desculpa, Cabeça, perdi o circular das vinte e trinta.

Você não imagina o que tá essa festa. Só tem mulher fatal, uma mais gostosa que a outra.

Já terminaram de servir os canapés de entrada?

Já, e o vinho branco de entrada também.

Ele ajuda o outro a abrir as garrafas de vinho da segunda rodada. Enche os cálices, põe na bandeja, depois faz o mesmo com os copos em que será servida a água mineral, apoia as bandejas no braço esquerdo, abre a porta da cozinha, sai equilibrando. Ao todo são dezessete mulheres, a maioria beirando os trinta anos, e estão animadas. A recepção é para uma delas que acaba de vir do exterior. Ele serve bebidas, limpa cinzeiros, recolhe cálices, copos, guardanapos. Passam-se mais de duas horas. Elas aumentam o volume do som, começam a dançar. A que está com a roupa mais exótica de todas, uma bata preta bordada com fios dourados, sai do círculo de dança, vai para o outro ambiente da sala, pega a bolsa que está sobre a mesinha de canto, senta no sofá de dois lugares, tira a câmera fotográfica, começa a fotografá-lo, especialmente quando ele passa perto dela ou se abaixa para recolher alguma coisa do chão. As outras, já bêbadas e animadas, nem sequer notam. O filme acaba, ela puxa a bolsa para si, pega um rolo novo, troca. Ele já não se aproxima, depois de uns minutos entra na cozinha e não sai mais. O garçom mais velho se encarrega das bebidas. E ela, a mulher da máquina fotográfica, percebe que sua diversão aleatória acabou, guarda a câmera, levanta, caminha até a cozinha, encontra-o sentado à mesa, com oito cartões de papel gofrado à sua frente e uma caneta nanquim na mão encarando o desenho que acaba de fazer.

Com licença, não quero atrapalhar, ela diz.

Tudo bem, ele põe de volta os cartões no bolso do casaco.

Permite que eu te diga uma coisa?

Claro, ele diz.

Você tem um dos rostos mais fotogênicos que eu já vi em toda a minha vida.

Tá querendo dizer que eu levo jeito pra modelo?

Não exatamente. Quero dizer, não pra modelo comercial, se é isso que você está pensando.

Não estou pensando nada, moça.

E você desenha?

É.

Posso ver?

Ele cruza os braços, suspira. Olha. Não quero ser antipático, mas essa não é a melhor hora pra conversa. Imagino que deve ser um saco participar dessas festas. De repente você nem tava a fim de encontrar a amiga que voltou do exterior. De repente, ela é a maior chata. E talvez seja mais divertido vir pra cozinha pra um safári social com o garçom durante o intervalo dele. Mas.

Opa, opa, ela o interrompe. O detalhe é que eu sou a chata que está voltando do exterior.

Ele abaixa a cabeça.

E não estou aqui pra me divertir com a sua cara. Eu só queria convidá-lo pra posar pra mim, nada mais que isso.

Você quer que eu pose?

Não revelei as fotos, mas sei que o seu rosto veio ao mundo pra ser fotografado. Funciona. Você tem um rosto que me tocou.

E você paga?

Quanto você ganha aqui?

Dez a hora.

Pago cento e cinquenta a hora.

Ele tira os cartões de papel gofrado do bolso do casaco, entrega o que está desenhado para ela.

Você me desenhou.

Desenhei a máquina de fotografar, você é paisagem.

Complemento.

Paisagem.

O outro garçom jovem entra na cozinha.

E como eu faço pra encontrar você?

Tem um cartão do restaurante aí, Cabeça?

O garçom larga a bandeja vazia sobre o tampo do balcão, põe a mão no bolso da calça, tira um cartão e entrega, pega a bandeja onde há mais torradas e caviar, sai da cozinha.

Ele entrega o cartão a ela.

Pede pra falar com o Jaime Masagão. Ou deixa um número que eu entro em contato.

Jaime Masagão?

É.

Ela enfia o cartão num bolso lateral da bata e se aproxima dele, leva as mãos ao rosto dele. Você me tocou, sabia?

Ele não diz nada, apenas permanece encarando-a nos olhos.

Desculpe, seu Jaime, mas Jaime é um nome muito sem graça. Vamos fazer assim: amanhã, ligo pra esse número do cartão e peço pra falar com o Fausto. Você diz para o seu patrão que quando ligarem atrás do Fausto é pra chamarem você. Fausto?

Sim, ele responde.

Gosta de jogos, Fausto?

Depende.

Vamos jogar. Brincar de trocar um segredo e um medo. Primeiro você.

Calma lá, moça.

Vamos, Fausto.

Tô trabalhando. Não quero confusão.

Seu rosto triste me chamou aqui. E eu vim.

Não tenho nada pra dizer pra senhora.

Lá vou eu, e a expressão de alegria no rosto dela desaparece. Fiz um aborto há menos de quinze dias.

Ele não acredita que está ouvindo aquilo de uma estranha.

Sua vez. Não me decepcione.

Fiquei preso durante três meses. Saí faz dias. O meu amigo Cabeça me conseguiu esse emprego. Não posso abusar da sorte.

Tenho medo de nunca mais engravidar, diz e segura as mãos dele.

Tenho medo de não conseguir.

E o garçom mais velho entra na cozinha. O que você está fazendo, Jaime? Senhorita, por favor, deixe o rapaz trabalhar.

Ela não dá a mínima, beija o jovem garçom na boca e, antes de abrir a porta da cozinha, encara o velho. O nome dele é Fausto. E ele é um artista.

Me desculpe, senhorita, eu não quis, o velho garçom tenta acalmar os ânimos.

Mas ela não o deixa terminar. Você não perguntou, diz olhando para Jaime, então eu me apresento: sou Lucimar.

Onze

Segunda-feira. Chove sem parar desde as cinco da manhã.

Lucimar folheia os jornais da semana passada, deixa-os espalhados pelo chão. Acompanha o movimento do relógio até marcar sete horas. Não há sinal do dia, à exceção dos raios segue escuro como se ainda fosse madrugada. Sete e três. Levanta, caminha até o quarto de Ângela, bate na porta duas vezes, vai até a peça onde estão os livros que foram do seu pai, abre a gaveta central da escrivaninha, tira a chave de ferro, vai até seu quarto, pega uma bolsa a tiracolo de dentro do armário. Não tomou o analgésico nem os outros remédios também. A dor no abdômen e a inquietude aumentam. Ela se controlará, como já se controlou tantas vezes (e só quando estiver tomada pela fraqueza nos músculos, pelos tremores nos dedos, saberá o que precisa fazer). Volta para a sala, abre o gavetão da cristaleira, pega a caixa. Carrega o revólver, conecta o silenciador, põe dentro da bolsa, deixa-a sobre a mesa de jantar. Caminha até a porta do quarto de Ângela, bate duas vezes com força.

Hora de acordar, menininha. O Fausto vai passar aqui às oito em ponto.

Ângela salta da cama, acende a luz. A roupa está separada, fez como ele mandou. Tenta ordenar os pensamentos, repassa os horários. Oito e trinta e cinco, Fausto liga para a joalheria, oito e quarenta, saem do apartamento, oito e cinquenta e cinco, Fausto entra na joalheria e rende os atendentes, oito e cinquenta e sete, Fausto abre a porta para Machadinho, nove e cinco, ela pega eles na frente da joalheria e fogem. Vai soltar Machadinho na Ladeira do Ambrósio e Fausto na Centenário. Vai abandonar o carro no estacionamento do Parque Sumaré, vai pegar um ônibus até o centro, vai entrar no bingo da Praça da Alfândega, dez e meia vai estar de volta ao apartamento, dez e meia, dez e meia em ponto, e tudo vai estar resolvido. Respira fundo, despe a camiseta, veste a calça jeans, o blusão preto, põe os coturnos, pega o casaco de náilon, sai do quarto.

Lucimar está do outro lado da sala, encostada à vidraça, observa a chuva.

Preciso dum café preto bem forte, Ângela diz.

Lucimar se volta para ela. Deixei uma térmica pronta ali em cima da mesa da cozinha. Conheço o senhor abstinência, ele vai chegar ansioso por uma caneca com café até a borda.

Ângela vai pegar o café. Belo dia pra assaltar uma joalheria.

O que você disse?

Nada, Ângela responde da cozinha. Serve o café, volta para a sala.

Lucimar aguarda junto à mesa de jantar.

Por favor, quero que você leve isso com você, Lucimar diz e estende a bolsa que estava sobre o tampo da mesa para Ângela.

Ângela pega a bolsa (sente o peso), abre e confirma a suspeita.

O Fausto está dando o passo maior que a perna. Estou preocupada, Lucimar diz. Por favor, deixa a arma dentro do carro, ela pode ser necessária. Por favor, e segura o braço de Ângela, faz isso pra mim.

Você tá pedindo pra eu andar com esse canhão. Como se fosse um canivete, caralho. Você tá pedindo demais.

Essa bolsa é discreta. Você sabe que não haverá problema.

E se o Fausto desconfiar? Tô sabendo que ele é amarradão nessa arma.

Ele vai pegar um táxi até a joalheria, não vai?

Vai.

Então, vocês descem. Ele pega o táxi. Você volta, pega a bolsa.

E o assessor de todas as horas?

O Machadinho?

É. Nós vamos juntos até perto da joalheria.

O Machadinho não é problema, ele não dá a mínima para esse tipo de detalhe.

Tá enrolado, caralho. Isso tá enrolado pra caralho, Ângela diz.

Eu garanto, Lucimar diz.

Tá bom. Eu levo a arma.

Lucimar sorri, volta à poltrona onde estava sentada, abaixa--se, pega dois jornais, os de cima, os que ainda não foram lidos, passa por Ângela. Boa sorte para vocês.

Você não vai esperar o Fausto chegar?

Não. O Fausto não tem ficado muito à vontade com a minha presença, e sorri mais uma vez.

Ângela percebe a agonia no rosto dela.

Lucimar se recolhe.

Ângela põe o gorro de lá na cabeça, senta na poltrona onde Lucimar estava lendo os jornais, espera Fausto chegar. Passam-se alguns minutos. A porta se abre, Fausto entra.

A cidade está alagada, ele fala e deixa a mochila que estava segurando em cima da mesa. Tudo bem?, e se aproxima.

Tudo, ela responde.

Ontem passei no shopping, comprei duas malas de viagem de plástico, com rodinhas.

Com rodinhas? Chique.

A sua é vermelha.

E a sua?

Cinza, eu acho.

Ângela pega o encarte de uma loja de roupas que veio dentro do jornal de domingo, folheia as páginas, os ensaios fotográficos. Num deles, que ocupa quase a página inteira, três modelos estão abraçadas umas às outras, são mulheres jovens, da idade de Ângela, magras, ar despreocupado, displicente. Ângela passa as pontas dos dedos na área das sobrancelhas que foram raspadas. Fecha o encarte, joga para o lado. Não sei mais se eu quero ir com você nessa viagem que você inventou.

Fausto a encara. O que você está dizendo?

É isso. Tô pensando em pegar a minha parte e. Sei lá, dar um tempo noutra cidade. Numa cidade do interior. Curtir um pouco sozinha.

Tá brincando, diz irritado. A abstinência etílica o dominou.

Tô falando sério.

Não podia esperar pra dizer depois? Ou ter me dito ontem?

Decidi agora.

Decidiu enquanto olhava o jornal?

É.

Você sabe que eu comprei as passagens. Sabia que elas custaram bem caro?

Sei das passagens, sei das malas de plástico, sei de tudo.

O que deu em você?

Mudei de ideia. Só isso.

Foi alguma coisa que eu fiz?

Deixa pra lá. Vamos focar no trabalho, Ângela responde.

Ele vai até ela, segura-a pelos braços, levanta-a.

Me larga, ela diz.

Segura-a mais forte ainda. Por que você está fazendo isso? Diz.

Ela não responde.

Acha que eu sou o seu palhaço?

Claro que não. Acho você um doce.

Ele solta os braços dela, leva as mãos à cabeça. Então vem comigo como a gente combinou.

A gente não. Você combinou. Volta o olhar para os jornais espalhados. Combinou com você mesmo.

Fausto levanta o punho na ameaça de socar o rosto dela, mas se detém. Ele a empurra, sentando-a de volta na poltrona. O interfone toca. Fausto vai até a cozinha atender. O porteiro informa que Machadinho está subindo. Fausto volta à sala e se aproxima de Ângela. Ela se encolhe apavorada.

Eu não quis. Você sabe, tenta se desculpar.

Sei.

Depois a gente conversa.

Tá, Ângela diz ainda assustada.

Machadinho toca a campainha. Fausto vai atender.

Machadinho traz na mão uma sacola de plástico, abre. Dentro há vários crisântemos de plástico. Esses não vão morrer.

Fausto pega. Obrigado, e deixa a sacola sobre o tampo da mesa da cozinha.

Tudo bem?, Machadinho diz para Ângela.

Eu tô. Você é que parece que não tá. Já se olhou no espelho?

Você tá pálido mesmo, diz Fausto. Tá tudo bem?

Machadinho balança a cabeça.

Fausto tira as armas de dentro da mochila, entrega uma a Machadinho. Vamos tomar um café?

Claro, Machadinho diz enquanto confere e confirma que a arma está carregada. Guarda no bolso do casaco, segue Fausto até a cozinha.

Ângela permanece sentada no sofá escutando a conversa deles. E, tomada por uma calma que vai aumentando com o passar dos minutos, vai se dando conta de que nunca esteve com uma arma tão à mão depois de ter sido ameaçada ou agredida por um homem. A voz de Fausto que vem da cozinha não é pior do que as dos outros homens que ela conheceu, mas, desgraçadamente, sobretudo naquele minuto, também não parece ser melhor, e pensa que os dias que passaram juntos foram um modo novo de ela entender que, apesar de todas as blindagens que vem tentando construir em torno de si desde que fugiu de casa, do seu todo-poderoso pai, a tranquilidade, a paz que procura, não existe.

Fausto sai da cozinha, pega a arma sobre o tampo da mesa. Vamos?

Ela levanta, pega a bolsa.

E essa bolsa?

Vai comigo, ela diz.

Como assim?

Já disse, a bolsa vai comigo, ela olha firme para ele, seus lábios tremem de raiva, de medo, deixa claro que ele passou dos limites.

Fausto não insiste.

Machadinho abre a porta, sai e, desinteressado do que os dois que ficaram para trás podem estar conversando, chama o elevador.

Ângela e Machadinho usam o mesmo guarda-chuva, caminham até o estacionamento público em frente ao Colégio Marista. Ângela tira a chave mestra da mão dele e, ao contrário do que foi combinado, diz que é ela quem vai sair dirigindo.

O táxi deixa Fausto a cinquenta metros da joalheria, e, enquanto abotoa o botão de cima da gabardine, ele corre para baixo de uma marquise, ainda faltam quatro minutos. A chuva não para. Entre o ponto onde ele está e a joalheria, na calçada, há uma poça d'água enorme, não há como evitá-la. Pensa em Ângela dançando na sua frente naquele baile da sexta-feira, pensa que seu plano pode não ser tão bom assim. Olha para o relógio. Um minuto. Põe o bigode postiço, faz com agilidade. Corre até a porta da joalheria.

Machadinho está sob a marquise do edifício, do outro lado da avenida, vê quando Fausto bate na porta de vidro da loja. E de novo ele sente que volta ao não lugar que lhe pertence, desfeito de tudo e de si enquanto segura, dentro do bolso do casaco, o coldre da arma. Vê quando Fausto entra na joalheria.

Fausto saca a arma. É um assalto, grita. Cooperem e ninguém vai se machucar.

A atendente e o dono da loja não reagem.

Vamos com calma até o cofre, e nada de acionar o alarme.

Quando os três entram no corredor que leva ao cofre, cinco policiais saem do nada, três à sua frente, dois às suas costas.

Abaixa essa arma, você não tem a menor chance, diz um dos que estão às suas costas.

Fausto pensa em reagir, pensa em Ângela dançando na sua frente naquele baile da sexta-feira, pensa nela arrastando a mala vermelha pelas ruas de Santiago. Entrega-se.

Machadinho vê quando seis viaturas surgidas do nada (nenhuma delas veio do quartel) param em frente à joalheria, os policiais todos saem dos veículos com suas armas em punho tingidos pela luminosidade elétrica dos giroflashes.

Ângela consulta o relógio, dá a partida no motor.

Cercado pelo ajuntamento de pessoas querendo saber o que está acontecendo, Machadinho abaixa a cabeça, caminha na direção contrária à da joalheria.

Ângela arranca. Guia devagar pela avenida. Está a menos de três quarteirões da joalheria. A escuridão do dia a ajuda a identificar a baderna luminosa das viaturas. Não pensa duas vezes.

Machadinho tira o celular do bolso e liga para o apartamento de Lucimar, dirá que Fausto foi preso e que ela precisa ligar para um advogado, conterá o choro e, voltando a ser o dono dos seus pensamentos habituais, concordará quando Lucimar lhe disser que ele tem de ir direto para o apartamento dela.

A porta já está aberta, Ângela tira o gorro da cabeça, entra, vê Machadinho parado à sua frente.

Cara, você escapou.

Escapei, mas o Fausto não, Machadinho diz e tira a bolsa do ombro dela. Senta ali, e aponta para o divã. A Lucimar foi tomar os remédios dela e já volta.

Ângela se ajeita no divã, tenta se acalmar e então percebe os cobertores tapando as vidraças e também a quantidade de luzes acesas (nunca viu a sala assim, tão iluminada por luz elétrica).

Machadinho abre a bolsa dela, pega a arma, deixa sobre o tampo da mesa. Lucimar aparece na porta.

O que houve, Ângela?

Eu que pergunto. Achei até que esse aí tinha dançado também.

Era o que você queria, não era?, Machadinho diz.

Ângela olha surpresa para ele.

Voltou pra acabar o serviço, Lucimar diz, olhando para Machadinho. Roubar as minhas coisas e, quem sabe, até me matar.

Você não presta, Machadinho diz com fúria, apoiando-se na mesa. Você entregou a gente pra polícia.

Vocês tão loucos, caralho?, Ângela diz.

E a arma?, Lucimar pergunta.

Como assim a arma?

O que você pretendia fazer com ela?

Ângela levanta, olha para Machadinho. Isso é brincadeira de vocês, não é?, e vai na direção dele.

O que você está esperando, Machadinho?, Lucimar grita. Vai deixar ela te enrolar como fez com o Fausto?

Machadinho engatilha a arma e atira (o estampido é seco, idêntico ao de um morteiro de fogos de artifício quando dispara), seu dedo indicador amolece, o gatilho retorna. O corpo de Ângela cai para trás sobre o tampo da mesa de centro, a madeira sólida do móvel recebe as costas e a nuca dela sem qualquer alteração na estrutura. O tiro dilacerou o peito.

Machadinho larga a arma no chão. Lucimar observa o corpo de Ângela por um tempo antes de correr para o quarto e trazer a colcha da cama de Fausto para cobrir aquela cena terrível.

Você agiu bem. Vou ligar para o meu advogado, ele vai nos ajudar a tirar o corpo daqui.

Machadinho não se move.

Vamos pegar o corpo e levar lá pra área de serviço, certo?

Ele está catatônico.

Não é hora de ficar pensando, rapaz, e o empurra na direção do corpo.

Ele faz o que Lucimar mandou. Quando volta à sala, se olha no espelho e vê que sua roupa está ensanguentada.

Vou limpar essa bagunça. Você vai até o quarto do Fausto, toma um banho. Depois escolhe umas roupas dele e veste. Quer beber alguma coisa para se acalmar?

Quero um chá. A voz de Machadinho sai quase inaudível.

Lucimar recolhe a arma, deixa sobre o móvel do telefone, põe a água para ferver. Vai até seu quarto e pega lençóis, espalha pela sala. Desliga o fogo, pega a água, despeja numa jarra de vidro, põe os sachês de camomila, erva-doce e capim-cidreira, pega nove comprimidos do seu frasco de calmantes, amassa-os com a colher de sopa, mói até sentir o pó. Tira os sachês de dentro da jarra, despeja o calmante. Mexe. Corre até o quarto para ver se Machadinho ainda está no banho. Ele está. Pega o saco de plástico com veneno de rato, abre e, em seguida (olhando para a porta, com a impressão de que ele chegará), derrama as pedrinhas esverdeadas para que se dissolvam no chá. Mexe novamente. Pega duas canecas, põe tudo numa bandeja de inox, leva até a mesa da sala, apaga todas as luzes, apenas o abajur perto das vidraças permanece ligado. Senta novamente na poltrona ao redor da qual estão espalhados os jornais. A chuva não parou. O céu, entretanto, já não está escuro, a claridade passa pelas fendas dos cobertores. É quase meio-dia. Machadinho surge do corredor, está vestindo um abrigo puído nos punhos e nos joelhos.

O Fausto adora esse abrigo, Lucimar diz.

O que vamos fazer?, Machadinho pergunta e senta no sofá à frente dela.

Liguei para o meu advogado. Ele virá por volta das cinco da tarde.

E até lá?

Conversamos, bebemos chá. Tentamos nos acalmar.

Você não está assustada com o que fizemos?

Ela merecia. Traiu a confiança e a generosidade de todos nós. Machadinho permanece em estado de choque, ela percebe. Quer um calmante? Posso te dar um dos meus. Meio comprimido lhe faria muito bem.

Machadinho balança a cabeça concordando.

Ótimo. Lucimar vai até a cozinha e volta. Ó, quebra ao meio e mastiga metade. Surtirá efeito mais rápido.

Machadinho põe o comprimido inteiro na boca, mastiga.

Vou pegar uma caneca de chá para você, levanta, enche até a borda. Está morno. Você pode beber tudo, vai lhe fazer bem. Coloquei boldo e carqueja. Talvez esteja um pouco amargo.

Machadinho pega a caneca, bebe tudo, devolve a caneca para ela.

Quer mais um pouco? Você precisa se acalmar.

Não, estou bem, ele diz. E você, como está?

Lamentando profundamente tudo isso.

Você não vai beber o chá?

Estou esperando esfriar um pouco mais, a minha língua é sensível.

Acho que vou me encostar um pouco, e se deita no sofá.

Faça isso, ela diz.

O que é mesmo que tem nesse chá? Seus olhos permanecem fechados.

Nada demais, ela responde.

Passam-se uns minutos, e ele tenta se levantar e caminhar na direção dela. Lucimar pega a arma, aponta na direção dele, obriga-o a parar. Machadinho tenta dizer algo, mas não consegue. Com a arma em punho, ela deixa claro que se ele prosseguir será alvejado. Ele cai de joelhos, a asfixia começa. Lucimar pega o vaso de granito que está sobre a mesinha de centro, golpeia a cabeça dele, golpeia de novo. Aguarda para não ser surpreendida. Põe o vaso de volta na mesinha. Exaurida, vai até seu quarto, deita. Escuta o riso de menino, o barulho das roupas no varal, o vento. A fala dos indígenas é engraçada, mais do que o espanhol dos seus pais. Ela e o menino índio correm no descampado. Perturba-se ao ver de longe seu pai na varanda da casa de madeira e a força tremenda da luz. Corre até ele, mas, quando chega perto, ele já não está, apenas seus óculos sobre o assento do banco de madeira.

E, no banco, o livro, o livro que ele trouxe para as férias que deveriam ser dos três. Mas sua mamãe ficou em Buenos Aires. Sua mamãe os esquecerá. O menino índio a aguarda sorrindo. E seu pai não está. Só o livro e sua capa grossa de couro. Quero ver seu rosto, meu pai, quero ver seu rosto. Você já não fala comigo, pai. E o rosto do pai é relevo na capa de couro do livro em que também está escrito *FAUSTO*.

A dificuldade para respirar tira Lucimar do sonho. Ela sai da cama, vai até a sala. Pega o telefone, liga para o seu advogado.

Oi, Lucimar. Estou entrando no cinema.

Preciso falar com você, Paulo. É rápido.

Só um instante. Pode falar.

Você viu aquele negócio do Fausto para mim?

Claro, o delegado é meu colega de turma da faculdade.

E então?

Tudo certo, o Fausto vai pegar a pena mínima.

E providenciou o tratamento?

Tudo certo também.

Ótimo.

Lucimar.

O quê?

Você sabe que a prisão não é o melhor lugar pra se tratar qualquer tipo de dependência, muito menos alcoolismo.

Você não conhece o Fausto, ele reage bem quando está sob pressão.

Pobre Fausto.

Não diga isso.

Posso lhe ajudar em mais alguma coisa?

O testamento? Tudo certo, não é?

Lucimar, há dois anos você me pergunta se está tudo certo e, há dois anos, eu respondo que sim.

Ele ficará bem, não é?

Como já lhe disse outras vezes, queria eu estar no lugar desse Fausto.

Não diga bobagem.

Ele é o sujeito mais sortudo que eu conheço. Queria eu herdar metade do que ele herdará.

Você não pagaria o preço.

O advogado ri.

Ele nem imagina que eu tenho todo esse dinheiro.

Pobre Fausto.

Ele me tocou, você entende. Foi quando eu voltei.

Quando voltou e.

Nada. Desculpe.

Mais alguma coisa?

Não. Desculpe de verdade o transtorno, você tem sido ótimo comigo.

É o meu trabalho. Cuide-se.

Você também.

Tenta falar com o editor. A ligação cai na caixa postal.

Cássio, aqui é a Lucimar, faz o álbum com as fotos que você já tem. Beijo.

Deixa o telefone fora do gancho, olha mais uma vez para o corpo de Machadinho, caminha até ele, segura o cadáver pelos pés, arrasta até a área de serviço. Volta para a cozinha, senta-se à mesa, tira os crisântemos da sacola. Seus olhos não desgrudam dos crisântemos, se tivesse filme numa das máquinas e disposição, arriscaria uma foto. Recuperada, levanta, caminha até a sala, vira a poltrona na direção das vidraças, empurra para que fique próxima da sacada, vai até o quarto de Fausto, pega a cadeirinha, deixa ao lado da poltrona. Pega a mesa de canto mais próxima, tira o abajur de cima, traz para perto, deixa sobre ela a jarra com o chá e o frasco de calmantes, retira os cobertores das janelas. Senta-se na poltrona, pega o jornal, abre. Na seção de meteorologia, lê que a terça-feira será ensolarada com previsão de ventos fortes do quadrante nordeste. Põe o jornal de lado. Fecha os olhos. Espera o dia amanhecer.

ESTA OBRA FOI COMPOSTA PELA ABREU'S SYSTEM EM ADOBE GARAMOND
E IMPRESSA EM OFSETE PELA GRÁFICA PAYM SOBRE PAPEL PÓLEN BOLD DA
SUZANO S.A. PARA A EDITORA SCHWARCZ EM NOVEMBRO DE 2021

A marca FSC® é a garantia de que a madeira utilizada na fabricação do papel deste livro provém de florestas que foram gerenciadas de maneira ambientalmente correta, socialmente justa e economicamente viável, além de outras fontes de origem controlada.